괜━━ 가슴 글이었다

김해든

우리나라에서 가장 높은 기차역

추전역

KORAIL

김해든

일기에 그림자를 덧붙여
짧은 에세이를 묶었다.
어떤 기억들은 아프기도 했지만 소중했고
추억이었다.
웃음들, 물기들, 궁핍들과
사랑에 대해서
고마운 사람들에 대해서
미안한 사람들에 대해서
그리움이 된 모든 것에 대해서
기록하고 싶었다.

다시 용기를 내본다
한걸음씩 천천히 나만의 호흡으로
고단한 삶의 뒷모습을
작품으로
매만지고 싶다는 소망이 생겼다.

insuk1556@naver.com

괜찮은 사람들이었다

우리나라에서 가장 높은 기차역

추전역

작가의 말

어떤 날은 일기,
어떤 날은 편지처럼 썼다.

이런 날들이
설레였다.

쓸쓸한 날도 있었지만
견딜만 했고,
어느 지점에선 간절했다.

지나온 오늘이 쌓여
오늘이 되었고
눈 뜨고 나면 오늘이다.
힘들더라도 오늘에 충실하자.

나는 오늘을 잘 쓰고 있는지
잘 썼는지
그렇게 오늘을 살기로
글을 쓰면서
마음에 새긴 문장이 생겼다.

그곳의 또 다른 계절을
기다리며
2022년 9월 김해든

김해든 수필집
괜찮은 사람들이었다

1부
아직도 내게 말한다

2부
길을 찾는다

4부
봄, 부서지다

1부

아직도 내게 말한다

우리나라에서 가장 높은 기차역

추전역

KORAIL

나와 커피

동네에 카페가 생기면 가본다. 입구부터 살핀다. 화초는 어떤 것이 있는지 간판은 무슨 색인지 주인은 어떤 표정인지 노래는 어떤 곡이 나오고 있는지 컵 디자인이나 색을 본다. 그리고 커피 주문을 한다.

라떼를 즐겨 마시지만 처음 간 곳에선 아메리카노를 주문한다. 내가 좋아하는 커피는 따라주 스페셜티 원두다.

드립 커피를 배울 때 알게 되었다. 따라주 지역의 원두는 산뜻한 베리의 맛과 사과 맛이 나는 밝은 맛이 나고 불순물이 없어 최고로 친다고 했다. 그 커피가 있으면 그걸 마시고 없으면 주인이 주는 대로 맛을 음미하며 마신다. 주로 혼자 간다.

요즘 동네에선 주리아 카페에 간다. 넓어서 좀 오래 있어도 불편하지 않고 커피맛이 나랑 맞는다. 가운데서 커피를 내리고 앞뒤로 의자가 있는 배치도 안정감이 든다.

뒤쪽엔 스탠드가 켜진 곳이 서너 곳 있다. 나는 맨 끝 스탠드 자리를 좋아한다.

커피콩 분쇄 소리가 들리는 것도 좋고 커피향이 뒤쪽으로 전해지는 것을 가장 좋아한다.

음악은 늘 흐르지만 익숙해져 그런지 책을 읽을 때나 일기를 간단히 쓸 때 방해되지 않는다. 라디오를 켜둔 것 같은데 넓고 높은 음폭을 가지고 있어서인지 소란과 부산스러움을 덮어간다.

언제부턴지 카페문화에 젖어 그곳에선 집중력이 최고다.

옆 테이블에 남녀 6명이 앉아서 엄청 큰소리로 대화를 했다. 동창인 것 같았다.

"야, 낼모레 칠순 여행이나 가자" 라며 모두 크게 웃었다. 나도 모르게 따라 웃었다. 웃음이 났다.

나이 들어감의 연민일까?

그들이 가고 난 카페는 한결 조용해졌다.

나는 오래 있기가 미안하기도 하고 커피를 더 마시고 싶기도 해서 한 잔 더 주문했다.

부드러운 것보다 거칠게 분쇄한 커피 맛을 좋아한다.

집에서는 내 취향대로 거칠게 갈아서 마시지만 여기선 그냥 마실 수 밖에 없다.

그것도 감사함 가득 담아 마신다.

좋아하는 공간에서 좋아하는 커피를 마실 수 있음은 고마움이다.

짧은 에세이를 쓰려고 왔으니 마음은 가벼웠지만 첫줄조차 못쓰고 있으니 당황한다.

이런 날은 가볍고 깊은 커피 맛에 힘을 얻는다.

글쓰기가 오랜만일 때 답답한 마음이 들 때 반성의 미음이나 다짐의 마음이 들 때는 섬세하게 목으로 넘어가는 커피가 좋다.

돈을 아껴 커피 마시는 나는 커피 때문에 자주 행복하다.

쓸쓸한 날은 휴대폰만 들고 카페에 간다.

물은 조금만 덜 부어주세요 하는 건 나를 위한 특별주문이다.

묵직하고 쓰고 뜨거운 커피를 마시고 나면 무엇 때문에 쓸쓸해졌는지 조차 잊게 된다.

커피는 내게 그런 것이다. 쓴맛의 자극을 즐기는 편이다.

비 오는 날은 캐러멜과 다크초콜릿의 부드러운 바디감을 즐기면 좋고 향미, 산미의 밸런스가 좋은 커피를 마시고 나면 기분이 금세 뽀송해진다.
나의 커피 예찬은 계속 될 것이다.

사랑해! 커피

남해여행

4박5일 일정으로 남해 가는 길
나에게는 전에 없던 긴 여행이다.
처음이라는 것에는 설렘과 걱정이 나란히 있다. 걱정하며 출발했다.
운전을 하고 여행할 줄 아는 유진언니의 경험치와 안목을 믿었으므로 따라 나섰다.
해설을 고루 섞은 가이드로써 완벽했다. 가는 곳마다 단골집이 있어 후한 대접을 받았다.
이 지면을 빌어 고마움을 다시 한 번 전한다.

여행 이틀째 저녁 어둑해진 바닷가 주차장에 차를 세웠다.
상주 은모래비치 해수욕장이라고 했다.
저녁을 먹고 쉬고 싶었기에 천천히 언니를 따라갔다.
가까이 가자 송림 숲이 보였다. 매끈하며 든든한 나무는 부지런한 사람의 체형처럼 보였다.
어떤 풍파에도 견뎌낼 건장한 채구의 남성 같았다.
조금 더 걸어가니 은모래가 멀리 펼쳐졌다.
"우와 어쩜 저렇게 푸른색이 선명할 수가 있어"
하늘과 바다의 경계 없이 푸르다.
어둑해져 가는 하늘과 밤바다가 청정하게 저물고 있었다.
푸른색과 검푸른 색과 은빛의 조화는 움직임을 강렬하거나 선명하게 표현한 자연이 쓴 연작 시 편들이었다.

시적 화자가 되어 볼까 생각하며 모래에 앉았다.
조화라는 건 이런 것이구나! 시인은 푸른과 은빛을 강조했으려나
독자가 되어 밤바다에 앉아 시 해석을 해보려 했다.
낯익은 것들은 이 시에 없다. 처음 시작법을 배울 때 교수님은
낯설게하기, 묘사하기를 강조 했는데 이 시는 낯설다.
칭찬받을 바다… 시가 탐났다.
아무도 없는 바닷가에 그것도 밤바다에서 독자가 되어 누구의 방해도 없
이 바다를 읽었다.
기·승·전·결의 구조 중에 나는 특히 기 부분에서 오래 머물렀다.
바다를 이토록 낯설게 표현하다니 그리고 가까운 배경과 먼 배경의 조화
를 연결한 시인의 시작법을 훔치고 싶었다.
나는 언제쯤 낯선 시를 쓸 수 있을까?
상주 은모래비치 라고 제목을 쓰고 앉아 있는 것이다.
몽환적인 배경에 사랑을 써 볼 건가 추상적이어서 어렵다.

그리움, 우정, 이별, 만남, 봄, 고향, 독서, 죽음… 여러 단어들이 모여든다.
단어들을 붙들고 바닷가 장면 처리를 하여 지금을 표현하고 싶었다.
은빛모래에 남은 발자국과 낮게 내려온 하늘 나의 뒷모습을 섞어 한 편
시를 쓰리라.

소곤소곤 다가오다. 멀어져 가는 바다를 맘껏 만진다.
걷고 뛰고 앉고 만지고 흩었다. 다시 모은 것들…
새끼손가락 걸고 있는 두 손 조각상 앞에서 사진을 찍었다.
손가락 걸며 약속했던 사람은 잊혀졌지만 그 순간은 진심이었다고
조각상의 손가락에 나도 새끼손가락을 걸었다.
…다시 올게. 안녕. 지금은 그런 약속…

밤바다

광안리 바닷가에는 엄마 발자국이 있다.
근처에 한동안 살았기에 이곳을 걸었다.
나는 여행길 늦은 밤 광안리에서 파도소리를 듣는다.
고요하지만 힘차다.
자정 지난 시간 찬 기운이 감겨든다.
이젠 찬 기운을 몸이 먼저 알아차린다.
건강을 해칠까 염려하며 옷을 덧입는 요령이 생겼다.

강원도에서 부천으로 다시 시흥에서 다시 부산으로
엄마가 부산까지 흘러온 삶을 생각해본다.
엄마는 바닷가를 걸으며 어떤 생각을 했을까?
엄마의 운동 반경이던 이곳에서 나는 돌이킬 수 없는 후회를 이젠 바다
에 버려야겠다는 생각이 갑자기 들었다.
후회를 안고 살줄만 알았지 어떻게 버려야 하는지 알지 못했다.
후회를 바다에 버리고 발을 옮기지 못하고 오래 서 있었다.
"엄마 죄송해요"
후회에도 뼈가 있나보다…
등뼈에 통증이 지나간다.

처음 주인 1

언뜻 봐도 세련미는 없었다. 가까이 가봐도 색상이 낯익을 뿐이다.

오래 전 유행했던 원목 브랜드다.

세월과 함께 색이 안으로 짙어 진 의자 디자인도 평범하다. 못해 투박했
다.

생활의 잔생채기가 익숙했다. 재개발을 앞 둔 아파트 11동담장에 기댄 의
자는 나에게 끌려 차에 실린 채 우리집으로 왔다.

낯선 표정으로 덩그러니 앉은 의자도 겉돌긴 마찬가지다.

얼마 전 짐을 줄여 이사를 한 집에

손님처럼 들어 온 의자는 우리 가족들에게 환영 받지 못했다.

그럼에도 이상스레 잠깐 사이 정든 것 같아서 다시 버릴 수 없었다.

길쭉한 베란다… 서재를 꾸몄다. 책꽂이를 벽에 세우니 어울렸다.

앞에 1인용 좌탁에 뜨개질을 한 흰색 보를 덮고,

올망졸망한 화분도 길게 옆으로 놓았다.

햇살은 아침부터 새소리를 데리고 들어온다.

햇살 가득한 나만의 서재를 보고 있으면

좋은 일이라도 있는 사람처럼 환해진다.

주워 온 의자는 가족들의 반대에 결국 베란다 한 칸에 자리잡았다.
오래 전부터 그 자리에 있었던 것 같다.
의자의 옛 주인은 어떤 사람일까?
취향이 나와 닮은 사람은 아닐까?

처음 주인 2

11층에서 1층으로 이사를 하게 된 이유는 몇가지 되지만 건강과 주차 문제 때문이다.

수술을 하고 나니 고층에 울렁증이 생겼다.

1층이라서 집이 맘에 들었고 베란다도 맘에 들었다.

창 밖에 감나무 두 그루와 앞 쪽 단풍나무가 한 몫 했다.

전에 살던 집 보다 좁은 집이어도 좋았다.

비 오는 날 가끔 하수구 냄새가 역류할 때면 어릴 적 냄새가 내 몸 어딘가에 아직도 묻어 있는 것 같아서 따스한 기분이 들었다.

커피잔을 들고 베란다 의자에 오래 앉아 있는 날이 많았다.

빗소리도 일상처럼 익숙했고 눅눅한 옛일이 자잘하게 밀려오면 뭉클 했다.

중2 때 였던가 사춘기 때 듣던 팝송이 추억을 싣고 느리게 흘렀다.

주워 온 의자는 다른 의자보다 유독 튼튼했다. 내 무거운 몸과 마음을 거뜬히 받아주고도 말을 아낀다.

가끔 견딜 수 없는 삶에서 어찌 할 수 없을 때 의자에 앉으라고 부른다.

앉아서 잠시 쉬라고, 밖을 보라고, 노래를 불러 보라고, 울어도 된다고…. 그렇게 나를 의자에 앉히곤 했다.

기분이 좋은 날은 좋아서, 우울한 날은 우울하다고 습관처럼 의자에 앉는다.

뒤로 등을 밀어도 떨어지지 않고 맘껏 기대라고 이 시간만큼은 평온하라고 등을 토닥이는 것 같다.

의자에 묻은 오래된 얼룩을 닦는 날
처음 이 의자의 주인을 상상해 보았다.
의자와의 인연을 오래 이어가고 싶다. 의자에 앉아서 밖을 보고 있으면
어둑해져 가는 저녁 저만치 가로등이 달처럼 보인다.

닮은 사람

"인숙이 아녀"

혼잣말?

누군가 내 이름을? 인숙이란 이름은 많으니까

설마 나를 부른 건 아니겠지

나는 우체국 앞을 지나가고 있었다.

인숙아!

낯선 목소리 같기도 하고 익숙한 목소리 같기도 했다.

돌아볼 용기 없어 머뭇거린 이상한 순간이었다.

다시 부른다면 돌아볼까? 그냥 돌아보면 될 것을 아니면 말고

머뭇거린 이상한 순간이었다.

인숙아!

뒤돌아 봤다. 누굴까?

종종종 걸어오던 키 작은 남자는

'뒷모습이 닮아서… 죄송합니다.'라고

한마디를 쏟아 놓고 빠르게 가버렸다.

남자가 지나간 거리에 햇살이 출렁거렸다.

내 뒷모습과 닮은 여자는 어디 있을까?

내 이름을 부르던 20살 그는 어디에 살고 있을까

총총히 순간 사라진 남자의 뒷모습을 보며

잠시 그가 생각났다.

나는 오늘 인숙이의 뒷모습이 닮아서 죄송한 날이었다.

눈 감아도 보인다

두 문 동재 내려가면 첫 번째 집
세상에 유일하게 남은 물리적 집이다.
추억이 자라고 있는 집
1982년 12월24일 내가 떠난 집 다시는 돌아가지 못한 집
2020년에 가본 집 여름이었던가? 늦여름 울타리에 나팔꽃이 핀 집
시간 냄새가 아리게 흘러가던 집 어제만 같은 집 오빠는 살지 못한 집
사춘기가 지랄같이 흘러가던 집 옆에 우물이 없어진 집
기차 닮은 긴 방이 있던 집 추석 전 날 너를 오래 기다리던 집
크고 까만 전축이 있던 집 바람이 불면 문이 울던 집
술 냄새가 지독했던 집 광부 아버지 낡은 작업화가 있던 집
없는 것이 많던 집 그렇지만 무사하게 살던 집
기웃기웃 중년의 여자 심장 다시 뛰는 집
나팔꽃 환한 색으로 남몰래 줍는 추억들
자꾸 피어나는 집
앞 산 뻐꾸기 소리가 악기처럼 들리던 동네
외딴 집
다시 살고 싶은 집

우리나라에서 가장 높은 기차역
추전역
추전역 사진설명

소녀

지금은 폐교된 화전 초등학교…
무너진 담벼락 앞을 지날 때면 오래전 내가 보인다.
가로등 없던 시절 달빛은 밝았던가!
이제는 문장으로 옮길 수 있을까
아직 쓰지 못한 문장들
세월 안으로 밀어 넣은 이야기들
이제는 받아 적을 수 있을 것 같다.
그때의 나를 안아주고 싶다. 소녀를…
욕구 불만에 가득 찬 아이였다.
다락방이어도 좋으니 나만의 방이 있었으면 했고
왜 울었냐고 한마디라도 물어봐주는 사람이 있었음 했다.
너는 뭐가 하고 싶은지 물어봐 주는 사람이 있었음 했다.
나도 해보고 싶은 것이 생겨 나에게 물었다.
그렇게 꿈에 대해
ONLY YESTERDAY
어딘가 캄캄한 터널로 무사통과 한 기분만 오롯이 남았다.
터널을 지나고 또 터널을 지나오면서 여전히 살고 있다.
살면서 가끔 생각한다. 터널과 너를
너는 이 세계 어딘가에 있을 것이고 우리는 없다.
사는 동안 가끔은 버리고 싶은 감정이 있다.
그러나 함부로 버릴 것들은 없다.

담벼락 아래 놓고 온 이야기들
선명하거나 희미해서 잊히지 않는다.

처음은

습작 시들이 처음으로 한 권 시집이 되었다.

시집을 받아 들고 사는 일이 오늘 이 순간 같다면 아무 것도

바랄 것이 없을 것 같았다.

처음은 오래 잊히지 않는다.

처음의 일들은 못나기도 하고 서툴기도 하지만 흉내 낼 수 없는

순수와 열정이 있다.

시를 고쳐 보려거나 조금 더 익혀서 나중에 낼까 그런 마음은 들지 않았

다.

시를 처음 쓰던 일렁이던 마음을 오래 기억하고 싶었다.

오롯이 처음을 간직하고 싶었다.

아버지와 태백이 첫 시집에 있다.

꾸미지 않아서 덜 예쁘더라도

나에겐 특별하므로 첫 시집(금비나무 레코드가게)을 만지면

설명 되어 지지 않는 고요가 있다.

고요가 깊어지는 날 아마도 두 번째 시집을 출간할 것이다.

괜찮은 사람들이었다 31

봄엔

여행길에 올라 남쪽으로 가는 길은 사방이 꿈틀거린다.

겨울을 딛고 올라온 봄

추위에 닿아 본 것들은 어떤 것에도 흔들리지 않는다.

당당하게 싹이 난다. 연초록을 한 아름 안고 와서 흩뿌린다.

나도 꽃이나 색을 얻어보려 손을 공손히 햇빛을 향해 내민다.

산과 들 하늘 까지도 온통 봄인 것들 나는 봄에 가장 약한 마음을 가졌다.

달아오른 마음 안에 봄을 필사 한다.

또박또박 쓴다.

너에게 보내려고

일상이 뒤죽박죽 섞여 엉망이 될 때 여름이 온다.

획획 지나가는 풍경은 여고생이 그린 그림 같다.

어른처럼 느껴지는 것이 없다.

봄은 해마다 오고 연습한 세월이 얼만데

해마다 오는 봄에 속수무책 뒤엉킨다.

일기장

1 아직도 내게 말한다

겉표지가 변색된 노트를 들고 있던 나는 노트를 얼굴에 묻었다.
오래된 냄새가 났다17살.18살….21살 때 일기장이다.
돌아가고 싶은 시절은 아니지만, 돌아갈 수 없기에 그리워한다.
멀어져간 시절이 마치 어제 같아서 어리둥절하다.
40년 동안 몇 번의 이사를 했던가 이사할 때마다 먼저 챙겼던 건
일기장과 편지를 보관한 박스다. 소중하게 챙겼지만 잃어버린 일기장도
있다.
지나간 것은 홀 가분 하거나 아쉽거나 희미하게 아프다.
10대 후반 막 20대가 될 때 우리 가족은 태백에서 부천으로 이사를 왔다.
모두가 자기 몫의 힘듦을 감내하고 있었다.
힘듦 안에서도 이해되지 않는 건 치솟는, 솟구치는 꿈이었다.
일기장에서 일관된 어조의 꿈을 읽어본다.
한 눈 팔지 않았구나 꿈 때문에 살아졌구나!
코끝이 찡해진 나는 오래 묵은 감정에도 가슴이 두근거린다.
지금도 감성은 성장 중인가보다…

가난이 팽팽하게 부풀던 계절은 겨울이었다.

서로를 위로하거나 힘이 되어 줄 겨를도 없이 꾸역꾸역 우리는 견뎠다.

아파트 경비로 취직한 아버지가 어린 고양이를 품에 안고 온 날이 일기장에 있다.

흰 뺨을 가진 새끼고양이를 막내라고도 했고 인애라고도 불렀던 그 애

야옹야옹….

끝까지 지켜주지 못해 상처로 남은 어린 고양이를 일기장은 아직도 끌어 안고 있었다.

그것은 누구의 탓도 아니라고….

이젠 잊으라고 말하는 것 같다.

못 잊으면 아프니까…

중간 중간 펴보던 일기장을 덮고 눈을 감으니 눈이 뜨거워진다.

다시 첫 페이지를 읽는다.

어쭙잖게 어른 흉내를 낸 일기의 글 투, 큭 웃음이 터졌다.

정지화면 같은 그해 5월

낡은 아파트 담장에 덩굴장미가 피기 시작한다고 네 게 편지를 썼고 장미

꽃이 천천히 시들고 있다고도 썼다.

곧 5월이다.

버스정류장에서 내려 집까지 걷는 길목에 붉어서 슬프게 보이던 장미들

그리고 거기 서 있던 네가 있다.

일기장을 읽다말고 덮는다.

그날의 기적이 노트 가득 빼곡하다.

한 두 줄의 일기도 있고 두 장 가득 쓴 일기도 있다.

나는 그렇게 10대 20대의 호기심과 반항이 야생으로 자라

어느덧

삶에서 장미와 가시를 구분할 줄 아는 어른이 되었다.

이별 단상 1

생각해보거나 상상해 본 기억 없이 매일 조금씩 멀어지고 있었던 것이다.
멀어지고 난 후 한동안 아팠다. 아파하지 않으려고 쿨 한 척해보려고 애
썼지만 마음이란 건 맘대로 되지 않았다.
아플 만큼 아파야겠고 다짐을 하고 나니 덜 아픈 것 같기도 했다.
너를 어느 순간에도 미워한 기억이 없어서 조금 더 아팠다.
예뻤던 갈피갈피마다 네 얼굴이 보였다.
아름다움이 슬픔도 품고 있다는 걸 알았다. 끝까지 미운 마음이 생기지
않기를 바랐다.
가끔 이유라도 알고 싶을 때가 있었다.
이별도 학습이 필요한 것일까? 라고 물었다.
학습으로 되는 것이 아니라 온 몸으로 이별은 하는 것이었다.
온몸이 신열에 끓다 앓을 만 큼 앓고 나면 알게 되는 그런 것이었다.
앓고 나서 알게 되었다. 이유 따윈 중요하지 않다는 것을……
이별도 뜨겁게 앓고 나면 견딜 만큼 세상이 눈부시다는 사실도 알게 되
었다.
비로소 콩 깍지가 벗겨진다. 나는 날 콩이었다.
이별을 견딘 후 콩은 그때서야 여물기 시작했다. 호되게 이별을 가져 본
후 성큼 자랐을 것이다.

이별 단상 2

마음 곳곳에 어떤 것은 행복으로 어떤 것은 상처로 감당할 만 큼 남겨졌
다.
이별에 흔들려보고 나서야 어느 날
"그럴 수 있었겠다. 우린 너무 어렸고 오래 만났다. 이유가 되든 안 되든 이
해가 되든 안 되든 그럴 수 있었겠다. 괜찮아, 정말…"
괜찮지 않았지만 괜찮아라고 말해주고 싶었다.

이별 단상 3

열다섯 살이 된다면 여전히 설레고 매일 너를 생각하고 내 눈에는 너만 보일 것이다.
기대고 기댈 것이고 너도 나에게 기대어 보라고 마음을 다 내줄 것이다.
사는 것이 지루했다. 네가 없었다면 나는 뭔지 모를 삶의 지루함을 넘지 못했을 것이다.
24살이 된다면 준비 없이 이별이 온다면 우리? 왜? 이런 마음은 갖지 않을 것이다.
살아가는 동안 어쩌다 들여다보고 꺼내 보는 것만으로도 행복할 테니까…

이별 단상 4

비가 세차게 쏟아지던 날이었다. 4월24일 공중전화를 마지막으로 했었다.
평소와 같은 말투가 지독하게 다가왔다. 다른 태도를 보이지 않아 화가
났고 슬펐다. 매듭을 짓고 싶을 뿐이었다.
다른 태도를 보였다면 덜 슬펐을까?
그렇게 공중전화를 끊고 나도 이젠 안녕, 안녕…
비를 흠뻑 맞으며 집으로 돌아오던 길,
생애 첫 이별을 어떻게 감당해야 할지 성민 너 없이도 살 수 있을까?
그 밤 내내 그 생각을 하며 뒤척였다.

우린

우리 이별은 눈치 채지 못하게 서서히 다가왔다.
오래 만났으므로 너를 안다고 생각했다.
착각했음을 오랜 시간이 지나고서야 알았다.
막연했던 실연은 아팠지만 성장한 시간이기도 했다.
나는 누굴까? 감히 너를 안다고?
아마도 우린 서로 아무 것도 몰랐을 것이다.
그러나 충분히 기댔고 눈부실 것 없는 삶에 눈부시게 의지 했으니
그것으로 된 거다.
가끔 존재의 소중함에 대해 집중하는 습관이 생겼다.
착각도 행복이었다.
고맙다. 행복이어서…
사는 일에 착각이 이것뿐이겠는가?

2부

길을 찾는다

우리나라에서 가장 높은 기차역
추전역

길을 찾는다

사택 뒤에 집을 우린 촌집이라 불렀다.

촌집 옆에 오솔길이 있었다. 걸어가면 들꽃과 풀벌레 소리와 잠자리가 날 았다.

올라가 살구나무 아래 앉으면 멀리 어룡2사택이 보였다. 어떤 날은 네가 자전거를 타고 오는 모습도 보였다.

열다섯살은 어떤 나이 였을까? 롤라스케이트장에 쾅쾅 울려 퍼지던 팝송을 좋아하고, 이성 친구에게 이쁘게 보이고 싶어 흘러 내린 머리핀이 신경쓰이던 그런 나이였다.

오십이 되어 그 길을 걸어보려고 갔다.

폐광과 함께 인구가 줄고 사택이 없어진 동네엔 오솔길을 걸을 사람이 없었던 것이다.

길은 산에 스며들었고 길은 오직 기억 속에서만 있었다.

계획 같은 건 모르던 시절로 성큼 걸었다. 발자국 아래 작은 발자국을 포개며 걸었다. 세월이 만들어준 무늬들과 마주쳤다. 네모도 아니고 동그라미도 아닌 삶, 아직도 알 수 없는 모양들을 생각하며 걸었다. 이런 마음이 시를 쓰게 하는 건 아닌지…

노란색, 보라색, 흰색, 연초록이 흔들거렸다. 산딸기가 탐스럽게 익고 있었다. 이 길을 오가던 친구들도 어딘가에서 제 몫의 삶을 꼼꼼히 살고 있을 것이다.

산딸기보다 더 붉은 빛깔로 익고 있을 것이다.

천천히 걸으며 불어 오는 바람의 방향으로 흔들려보자.

모두 보고 싶다.

전송

문자로 부고를 받은 날이다.
자정이 지난 시간에 방금 누워 잠을 청하려던 순간이었다.
수면 습관을 바꿔 보려고 다른 날보다 일찍 누웠는데
부고 문자를 찾아 이름을 다시 보고 또 봤다.
눈을 뗄 수 없는 이름…
1월에 봤던 모습이 마지막이 되고 말았다.
막막한 밤이다.
이런 밤에는 쓰고 뜨거운 커피를 한모금만 마셔야겠다
딱 한모금만 더는 넘어가지 않을 테니까.
나는 눈물을 전송 하려다 휴대폰을 덮었다.

읽으려고 노트에

(보통의 시절 작가 김금희)

이번 가을엔 김금희 작가의 소설을 읽으려고 요약을 했다.

이렇게 하지 않으면 읽지 않을까봐.

인물을 적어 보았다. 큰오빠, 작은 오빠, 언니, 상준이, 나…

부모님의 직업은 목욕탕 운영,

목욕탕을 전소 시킨 김대춘과 딸.

사건 정리

큰 오빠가 16살 때 목욕탕에 불이 났다.

부모님이 돌아가시고 소년가장이 된다.

보일러실에 불을 지른 김대춘을 만나러 동생들을 데리고 일산으로 간다.

어려서 소년가장이 된 큰오빠가 겪은 고난과 삶에 보상과 보복을 하려고 한다.

성탄절날 4년만에 가족을 만난다.

성탄절의 의미 혹은 4년만이라는 설정은?

일산으로 가 김대춘을 만난다면 큰오빠는?

이렇게 써 놓은 노트를 보고 있었다.

오래 품었던 꿈이 거기 있었다.

나도 언젠가는…

저 달이

불현듯 열린 창으로 뛰어 들어왔다.

달빛속에서 그는 여전히 나무 썰매를 만들고 있다. 계산동 연못은 꽁꽁
얼었고 밝아서 더 무섭던 밤, 마당 구석에 만들다 만 썰매가 널부러져 있
다.

손재주가 많던 그는 쓰러졌다.

그 자리에 마지막 밥상이 차려지고 동네 사람들은 퍼런 얼굴로 서성거렸
다.

그는 돌아올 수 없는데

저 달은 매일 죽고 매일 살아났다.

서툰 것들

내가 많은 시간을 보내는 곳은 베란다와 식탁이다.
식탁 위에는 성경책과 노트와 스탠드와 라디오가 있다.
어떤 날은 코바늘과 실이 있고 책이 있고 일기장도 있다.
수첩과 볼펜 안경 그다지 크지 않은 식탁에 놓아 둔 것들이 많다.
좋아하는 것들이기에 당연한 듯 생활하고 있었다.

그러나 한공간에 사는 가족들에겐 어지러진 물건일 뿐이다.
식탁 위에는 뭔가 계속 늘어만 갔다.
정리가 필요했다.
같은 시간에 식탁에 나란히 앉아 밥 먹는 일은 어쩌다 있기에
의자 하나는 짐꾼이 되고 말았다.
어지러진 것들을 보니 엄두가 나지 않았다.

정리에 재주가 없다.
책꽂이에 장르 구분없이 꽂아놓은 책장 같다.
한 때는 시, 에세이, 소설, 사전, 역사물, 계간지, 그림책, 동화책을 구분했
던 적이 있었다.
찾아 읽기는 편했지만 얼마 지나지 않아 섞이고 말았다.

늘 정리정돈에 서툴다.
내가 가는 동선에 아무 때나 잡을 수 있으면 되고

어지러져 있다고 해도 스트레스가 되지 않는다.

그런데 무슨 심경의 변화로 정리정돈을 시작했는지
아마도 봄이기 때문일 것이다.
봄엔 항상 잠시지만 정돈정서에 접어든다.
정돈된 식탁위에 언제든 실이나 책들이 올려질 것을 알지만
기분은 개운해졌다.

뜨개질은 취미도 되어주지만
시나 일기이기도 하다.
실바구니 앞에 앉으니 행복했다.
행복 하므로 어깨 아프다고 투덜대지 말아야지
가치 부여를 해봐야지 뭔가 만들어지는 것을…
내가 쓰는 시의 첫 문장처럼
설레어 봐야지 이런 말들이 입안 가득 고여왔다.

3월

1.

"이 달 말쯤이면 일어날 수 있겠지."

당신은 곧 일어 날 거라고 봄처럼 말했다. 당신만 모르는 병명은 말기 암 환자… 어느 누구도 똑바로 알려주지 못했다.

지난해 가을부터 이듬해 봄까지 6개월을 앓았고 통증에 몸부림쳤지만 성모병원에 잠시 입원을 하고 집으로 돌아온 후 더는 병원에 가지 못했다. 스무 살을 막 넘긴 우리들은 아버지가 일어 날 거라고 생각했다. 우리는 각자의 생활로 바빴다.

3월 5일, 혼수상태에 든 아버지 곁에 촛불을 켜고 엄마는 빌었다. 57세는 아직 젊은 나이였다.

아버지는 뼈가 드러난 팔을 들어 자꾸 뭔가를 잡으려고 했다.

"저, 저, 저…기."

그러면서 겨우 엄마만 알아들을 그런 말을 마지막으로 힘없이 더듬거릴 뿐이었다.

아버지가 마지막으로 하고 싶었던 말을 어떤 말이었을까?

2.

눈을 감은 채 반듯하게 누운 아버지를 붙들고 작은집 정임언니는 통곡했다.

나는 밖으로 나와 주인 집 계단에 앉아 쌓이는 눈을 만졌다.

금세 녹아내려 손바닥에 물이 된 눈 3월의 눈은 맥없이 녹아 내렸다.

옆집이 보일락 말락 한 높이의 벽돌 담장에도 아무 일 없다는 듯 눈이 쌓였다.

빨랫줄에는 추리닝과 양말 수건에도 눈이 쌓였다.

함박눈이었다. 눈 내리는 하늘을 보고 있으니 눈물이 났고 문득 따뜻한 마음이 느껴졌다.

손을 잡거나 볼을 부빈 기억은 없지만 더 어렸을 적 내가 기억하지 못할 만큼 아기였을 때 볼을 부비고 안아주었을 것이다.

3.

6개월 후 당신의 부재가 한꺼번에 밀려왔다. 가족들은 서로 각자의 방식으로 아버지의 빈자리를 느끼고 있었을 것이다. 서로 약속이나 한 듯 아버지 말을 하지 않았다.

가을이 되자 나는 청량리역에서 밤기차를 타고 부산으로 갔다. 왜 부산으로 갔는지는 알 수 없지만 무작정 갔다.

술 냄새 가득한 방에서 자주 술에 취한 모습이 싫었던 적 많았는데 다시는 그런 모습마저 볼 수 없는 것이 죽음일까? 기차를 타고 가는 긴 시간 내내 새끼고양이를 품에 안고 오던 모습을 생각하며 진심으로 울었다.

해운대 바닷가 모래사장에 주저앉았다. 한 번도 아버지와 바다를 본적이 없었다. 파도를 타고 부서지는 물 부스러기들이 눈물처럼 보였다.

'바다도 때론 우는구나!'

물을 보니까 그런 생각이 들었다.

이런 감정을 한이라고 말하는 걸까? 겨우 57세 아버지는 바다 건너 어디쯤 가고 있을까?

새벽 바닷가에서 마셨던 커피와 커피 잔이 떠올랐
다. 커피를 좋아했던 아버지 대접에 가득 타서 마시
던 모습이 파도에 쓸려갔다.
백일장에서 학교 경로효친 글짓기에서 편지쓰기 공
모전에서 상을 받은 감성은 아버지를 닮았다. 나를
자라게 했던 감성은 아버지였다. 미워한 적 많았지
만, 나는 계속 그렇게 아버지처럼 인정만 많은 사람,
감성만 많은 사람, 생활인으로 살기엔 턱없이 부족
한 사람으로 살고 있다.

가을

태백역 계단을 천천히 걸어 올라갔다.
태백역(1984년 12월1일)으로 개명 되었다고 하니 황지역은 먼 기억으로 둘까?
개찰구가 보였다. 차표를 꼭 쥐고 그때 황지역 어둑한 플랫폼에서 올려다 본 하늘엔 어둠이 수북했었다. 저 곳을 빠져 나가는 열다섯 살의 인숙이의 뒷모습을 바라보았다.

가장 먼 곳까지 가야지
오지 말아야지 했었는데
어디까지 갔었니?

떠나는 일은 무모했고 기차 의자에 주저앉을 때
마음은 펴보기 싫은 한 페이지다.
얼마의 시간이 지났을까?
돌아온 지금은
문득
나는 무엇이 그리 지리멸렬했었는지 기억나지 않지만
나는 진정 어른이 된걸까?
내게 묻는다.

거기라고 우린 말한다

엄마랑 통화를 하면 엄마의 방식으로 그리움이 전해진다. 거기라고 우린
말한다.

강원도 태백시 추전이다. 그곳에서 엄마는 꽤 오래 살았다고 말한다.
담이 없던 집들 대진 사택에서 사실 몇 년 안 살았지만 오래 살았다고 말
한다. 꽤라고 힘주어 말하는 순간 별 일 아니었던 일상이 특별함으로 펼
쳐진다.

버스가 지나가면 그 뒤로 날리던 연탄가루도 이상하지 않았다. 그건 탄
광촌의 당연한 풍경이었다. 대신 하늘은 새파랗고 하얗고 예뻐서 책가방
에 넣고 다니고 싶었다.

추전은 그런 곳이었다. 대진 사택에서 꽤 오래 살았다고 나도 말하게 되
었다.

일찍 불 꺼진 방에서 이불 귀퉁이에 발을 넣고 누웠던 밤은 길었다. 바람
에 흔들리는 창문이 있어 다행이었다. 다른 집에 살 때 그때는 창문이 없
었다. 이곳에 와서는 창문으로 가끔 보름달이 보이기도 했다. 별이 반짝
이는 날도 많았다.

겨울은 매섭게 추웠지만 하늘이나 별을 떠올리면 왠지 손발이 더워졌다.
자는 척 누워 벽에 걸린 괘종시계 소리를 세어야했다.

아버지의 수면을 방해해선 안 되고 9번의 소리도 놓치면 안 된다. 9번은
밤 9시를 알리는 괘종소리다. 9번을 길게 악을 쓰며 괘종이 울리면 아버
지를 깨운다.

아버지 시래기 국에 밥을 말아 먹고 3교대 병방(00 : 00~08 : 00)일을 간

다.

아버지가 밤에 출근을 하고 나면 우리는 그때서야 소리를 내며 장난을 쳤다.

동생과 티격태격 한날은 서로 등을 돌리고 누워 쉽게 잠들지 못했다.

그런 밤이면 엄마는 우리에게 콩나물처럼 자랐으면 얼마나 좋겠냐고 이상한 한숨소리를 냈다.

영순 언니처럼 도시로 가면 돈을 많이 벌 수 있다고 했다.

두 칸 방으로 이사를 가면 싸우지 않을 거라고 덧붙였다. 콩꼬투리에 담긴 풋콩 같은 우리들은 또르르 튀어나올 기세로 낄낄거리던 고만고만한 아이들이었다.

내가 빨리 자라 콩나물보다 빠르게 자라 엄마의 가짜 숨소리를 조금 나눠 삼키고 싶었다.

이불을 끌어 덮으며 도시로 가는 상상을 하던 긴 밤 그럴 때마다. 엄마는 뒤척였다.

돌아누운 나에게 막대기 같다고 말했다. 겨울바람은 사납게 불었고 창문도 거칠게 소리를 냈다.

그렇지만 방안은 창밖보다 안전했다. 숨소리들이 방안에 가득 했으니까…

단칸방에 누군가 던진 윷처럼 잠을 잤지만 어쩌다 방바닥이 뜨거워지던 괜찮은 방이었다.

서로 등을 기대면 따스해져 잠들던 가족이 있어 다행이었다.

건강한 아이

1

열이 나고 목이 아프면 콧물이 흘렀고 그런 날은 조퇴를 했다.
집에 오면 병원대신 엄마는 아껴 둔 꿀을 꺼내고 물을 끓여 꿀물을 먹였
다. 아랫목에 이불을 덮고 땀을 흘리며 잤다. 엄마는 방을 닦으며 이마를
자주 짚었다.
더 아프지 않기를 간절히 바라는 마음이 손에서 느껴졌다.
6학년은 그런 마음쯤 알 수 있는 나이였다. 저녁이면 오랜만에 두부를 넣
은 된장국을 끓여 밥을 먹으라고 깨웠다. 입맛은 없었지만 내일은 멀쩡
한 모습으로 일어나 학교 가면서 엄마를 안심 시켜야겠다는 생각이 들었
다. 아플 때면 내가 좋아하는 사과나 토마토를 사다가 나만 몰래 먹으라
고 했다. 한약을 지어다 약탕기에 다려 주기도 했고 동네 침쟁이 할머니
께 침을 맞히기도 했다. 애정결핍 아이처럼 조금 아파도 많이 아픈 척 엄
살을 부리기도 했었다.
그렇게 자주 아픈 아이였다.

2

아이를 낳고 엄마의 심정을 알게 되었다.
엄마는 여든 살을 훌쩍 넘었고 나는 오십 살을 훌쩍 넘겼다. 갱년기가 되
고 온 몸에 신열이 날 때면 문득 엄마가 보고 싶다. 지금은 풍족하게 먹

을 수 있는 과일을 보면 엄마가 보고 싶어진다.

몰래 창문을 열고 주던 누런 종이봉투에 담긴 사과가 떠오른다. 가난한 엄마의 마음이었다.

아픈 아이를 무사히 성장하게 한 건 엄마의 정성이다. 그 정성을 먹으며 덩치만 큰 어른이 되었다.

몇 년 전 수술대에 올라 엄마를 생각했다. 엄마도 오래 전 초조하게 외롭게 수술을 하셨겠구나.

그때 나 스물 몇 살이었던가? 그땐 철없었다고 말하기엔 염치없음을 어느 날 깨달았다.

서운했겠다. 그런 생각이 지워지지 않았다. 오래 앓으며 성장했지만 이젠 건강하다.

엄마와 통화를 하면 밥이 보약이라고 말한다.

어둑해지는 저녁식탁에 앉아 엄마를 생각한다.

세상에서 가장 고마운 존재는 엄마가 아닐까?

건조기

의심 없이 들어간 빨래는 통에서 수십 바퀴 구른 후
뽀송한 얼굴로 나왔다.
타이머 맞추기를 깜빡 잊었다.
쪼그라든 니트, 구겨진 셔츠를 보고 있는데
아차!
건조기에 들어갔다 왔는지 주식도 쪼그라들었다.
때론 의심이 필요한 것이라고 오늘은 일기를 썼다.

고마워

자정이 되기 전에 잠을 자려고 애쓰지만 자정을 넘기고 만다. 자정쯤 커피를 조금 마신다. 밤엔 믹스커피의 유혹에 빠진다. 읽던 책을 덮어 놓고 라디오를 들으며 식탁에서 혼자 마시는 커피는 황홀하다. 잠을 내어 주고도 아깝지 않을 만큼 하루 애썼다고 쓴 말 많았던 하루. 끓어올랐지만 넘치지 않아서 다행이라고 하루가 저무는 자정쯤 커피는 달달하게 나를 토닥인다. 천천히 마시라고 천천히 식는 커피… 향에 기대면 세상 어디에도 없을 것만 같은 평온이 온다.

고맙습니다

잊은 적 없지만 찾아뵙지도 못했다.

그 저 마음만 안고 살았다. 당고개행 전철을 타고 앉으면 맞은편 전철 노선표를 살핀다. 미아역에 눈이 고정된다.

회현역에 가는 길이지만 습관처럼 그 역에 눈이 간다.

나는 미아동 집이라는 말로 간직했다. 기억해보려 하지 않아도 미아 전철역이며 빵집, 약국, 슈퍼 계단과, 학원, 신발장, 화장실, 다락방, 부엌, 옥상, 그리고 책상에 앉아 창밖을 보면 교회 십자가가 보였다.

시골에서 이사 와 도시 사람이 되어가던 식구들이 생각 날 때가 있다.

미안함과 고마움이 그 집에 있다. 그곳이 아니었다면 나는 어떤 세상에 던져져 어떤 고개를 넘었을까? 가끔 삶이 고단해질 때면 그곳을 생각해 볼 때가 있다.

오랜만에 뵌 곳은 요양원이었다.

보고 있으면서도 믿을 수 없는, 믿고 싶지 않은 모습으로 만났다.

모든 힘을 잃어버린 모습으로 누워 계셨다.

늦은 것이다. 이렇게 뵙다니⋯⋯반가움 위로눈물이 떨어졌다. 여러 자책들이 가느다란 통증으로 흔들렸다.

그 엄마의 모습이 스크린을 가득 채운 장면이 되어 스쳐갔다.

오므린 채 굳어버린 다리로 내리막길을 넘고 계셨다.

나를 알아보셨을까?

눈을 감으신 채 소리도 없이 눈물을 흘리셨다. 얼굴을 맞댄 내 눈에서도 눈물이 흘렀다.

돌아와 꽃무늬가 있는 파란색 극세사 이불을 샀다. 해드릴 것이 없어서
늦었지만 따뜻하시라고 겨울 이불을 덮어드렸다.

코로나19가 가로막아 찾아가 뵙지 못한 채 소천 소식을 들었다.

소천 하시기 일주일 전 월요일 꿈에서 만났다. 그때의 모습으로 그 엄마
미아역 계단을 올라오시고 나는 집에 가는 길 계단을 내려가고 있었다.
"저녁은 먹고 가나 또 놀러 온네이" 웃으시던 모습으로 꿈이었다.

꿈에서 깨어 잠들지 못하고 그 엄마 생각을 했다.

주님 손잡고 외롭지 않게 가시길 기도드릴 뿐
눈을 감으니 환하게 웃으시던 선한 눈매가 보였다.

초록들

엄마랑 통화를 하면 소통하는 지점이 점점 작아진다.

"엄마는 태백 떠나 온 걸 어떻게 생각하서, 지금까지 거기 살고 있었음 더 나았을까"

말이 끝나기도 전에 "그렇지 뭐… 부천으로 이사 와서 왜 거기 있잖아"

청진동 해장국집 동시에 우린 그 식당을 말했다.

"뭐라도 해야 살겠는데… 어. 어, 일 끝나고 글쎄 집 반대편으로 가서 길 잃어 늦게 집에 왔던 날… 어떻게 순간 방향을 잃고 또 찾았는지 몰라."

책을 읽듯 천천히 기억을 풀어내는 엄마…

"맞아. 맞아. 엄마! 그때 그랬어. 돈 없이 이사 온 거 알지."

나는 열여덟이었다.

우리 가족이 골목길에서 출구를 찾아 헤매던 시절이었다.

고향 그리운 마음이 가까워 질 만큼 세월이 지났다.

그곳을 떠나 온 것이 옳았는지, 아닌지 누구도 답을 알 수 없는 것이 삶은 아닐까?

팔순이 훌쩍 넘은 엄마의 표현은 천진무구해서 가끔 아프다.

한권의 소설을 읽고 있는 것 같다. 묘사도 비유도 모르는 엄마…

옛이야기가 되어버린 태백이야기만 하면 묘사 비유다.

어조도 어린애 같은 노모.

중간 중간 우리는 그리움을 공유한다.

맞든 안 맞든 맞아 엄마 맞장구를 치고 나면 나도 물들어 태백이 더욱 그리워진다.

"태백은 자꾸 생각나는지 몰라 굽은 것들만 많았던 곳이구만, 평생 펴 가
며 사는 거 그게 사는 거지 뭐."
엄마의 목소리가 맴돈다.
내 생의 굽은 것들을 생각해 보는 오후, 햇살이 팔랑 초록이 팔랑 눈부시
다.

그 집

기억 사이로 멀리 달이 떴다.
동쪽으로 날아가던 별똥별 하나
오래 전 살던 집으로 떨어졌다.
작업복 입고 광업소로 일 가던 아버지
발밑으로 가파른 낭떠러지 검은 물이 흘러가고

우리들은
두더지처럼 목을 기대던 밤
달은 점점 품을 넓혔다.
가본 적 없는 도시엔 뭐가 있길래
그곳으로 뻗어가던 마음 선명해져
슬며시 미소가 번지던 밤이 있었다.

숨 고르며 찾아 간 옛 집 사라지고
민박집 한 채 덩그러니 눈이 마주쳤다.

그날

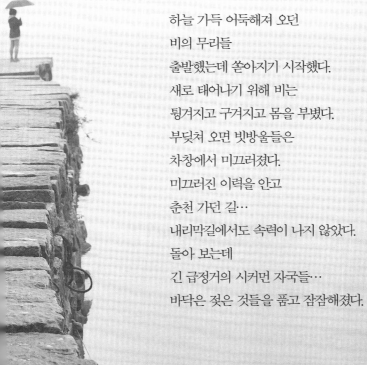

하늘 가득 어둑해져 오던
비의 무리들
출발했는데 쏟아지기 시작했다.
새로 태어나기 위해 비는
튕겨지고 구겨지고 몸을 부볐다.
부딪쳐 오면 빗방울들은
차창에서 미끄러졌다.
미끄러진 이력을 안고
춘천 가던 길…
내리막길에서도 속력이 나지 않았다.
돌아 보는데
긴 급정거의 시커먼 자국들…
바닥은 젖은 것들을 품고 잠잠해졌다.

기차 1

어디를 경유해 왔니? 내게 묻는다.
1982년 12월 24일 황지역사 희미한 구석에 앉아 있던 아이,
인숙…
난로는 훈훈했던가? 가물가물해진 그날의 기억을 따라 간다.
낡은 갈색 가방을 들고 어설픈 다짐들을 질질 끌고 가던 저녁…
가까운 곳에서 크리스마스 캐럴송이 들렸다.

황지역에서 기차를 타고 떠나던 때가 있었다.
온 마음을 다 싣고 떠나고만 싶었다.
온 마음이라고 발음해본다.
다시 온 마음이라고 미세하게 빠르게 몸이 흔들린다.
이렇게 기억이라는 것은 때론 가까이에 있다.
초록으로 떠났다 짙은 초록이 되어 돌아왔다.
40년 만에 태백역에 돌아온 것이다.
간격 없이 겹치는 기분을 모·호·하·다. 라고 쓴다.
먼 곳을 다녀 온 기분이다. 여행처럼 그러나 내 마음을 내가 모를 기분으
로 서 있다.
떠나려는 사람들, 돌아오는 사람들…
돌아 선 등 뒤에서 손 흔들던 손이 보인다.
다시는 만질 수 없는 손.
손톱 밑이 까맣던 손이 보인다.

아버지 애쓰셨어요.
태백역에서 아버지를 생각했다.

기차 2

초록색 실로 사슬을 길게 뜨기 시작했다. 책꽂이 덮게 만들기다. 시작은 가로 길이 만큼 사슬뜨기를 해야 한다. 120보다 조금 짧게 사슬을 떠 놓고 바닥에 놓으니 기차선로 같다.

한 줄 더 떠서 옆에 나란히 놓으니 선로가 되었다. 장난감 기차라도 올려 놓으면 기차놀이가 될 것이다.

내가 살던 고향 시내에는 황지역이 있었고 동네에는 추전역이라는 간이 역이 있었다.

가끔 엄마는 외삼촌댁에 갈 때 추전역에서 기차를 타고 갔다. 그럴 때면 엄마를 배웅하러 갔다.

추전역은 해발 855m 우리나라에서 제일 높은 역이다. 지금은 자동차 길이 생겨서 올라가기 쉽지만 그땐 다리가 엄청 아팠고 숨이 가빴다. 가는 길목에 망초 꽃들이 바람에 흔들리는 모습은 발레 하는 꼬마들 같았다. 예쁘고 귀여운 꽃들이 지천이었다.

덜커덩 소리를 내며 떠나는 기차가 보이지 않을 때까지 손을 흔들었다. 기차를 타보고 싶었다.

엄마가 타고 간 기차가 멀어져 가면 표현 할 수 없는 감정이 온몸을 휘감았다.

두 줄 선로는 나란히 나란히 어디까지 갈 수 있을까 궁금했던 때가 있었다. 선로를 바라보다가 작은 산을 지나 집으로 돌아왔다.

햇살이 가득한 봄날 거실 바닥에 놓아 둔 두 줄 사슬뜨기를 따라 추전역으로 가보고 시내에 있었던 황지역으로도 가본다. 지금은 태백역이다.

기억이란 것은 아무 때나 불쑥 모습을 드러낸다. 오래 고향에 가지 않아 황지역이 태백역으로 개명 되었다는 소식은 들었지만 가보고서야 실감났다. 황지역은 희미한 기억으로 16살에 부산행 밤기차를 기다리던 때가 있었다.

추억 속에서는 울음이나 슬픔도 각색되어 다가온다. 더 이상 울음도 슬픔도 아니다.

그 저 추억이 될 뿐이다. 작년 여름 태백역에 가봤다. 멀리서도 보이는 태백역 네온사인이 푸르고 희게 빛났다.

어른이 되어 역 앞에 서 있는 등 뒤로 그날처럼 요란한 기차 소리가 들렸다.

기억을 사슬처럼 길게 이어본다. 추억은 추억으로 현재는 현재로 사슬뜨기 위에 짧은 뜨기로 한 코 한 코 조심스레 면을 넓혀간다.

요란하게 들리던 기차바퀴 소리들이 가까이 왔다. 멀어져 가고 나는 책꽂이 커버 뜨기를 시작한다.

카페

우리 카페에 놀러 올래? 너를 초대하고 싶은 날이거든 근사한 카페를 상
상하는 건 금물이야. 베란다에 화초 있고 좌탁 있으니 나만의 카페지 뭐.
내가 가장 좋아하는 장소니까 난 이곳을 카페라고 불러. 햇살을 초대 했
더니 한 무리씩 무리지어 들어오고 있어. 부끄러워 눈 맞추지 못하겠네.
눈부심을 오랜만에 느껴봐.

겨울이면 이곳이 추워서 화초들이 얼어버릴까봐 걱정하다가 네가 일러준
대로 밤엔 신문을 덮어 주었고 아침이면 신문을 걷으며 화초들의 안색을
먼저 살폈어. 싹 난 감자를 버리기 아까워 화분에 심었더니 3개월만에 드
디어 싹이 손가락만큼 자랐어.

신기하고 기특해 아이비 가지치기한거 소주병에 꽂았더니 분갈이 할 만
큼 뿌리가 자랐어.

빨간색 카랑코에는 겨우내 꽃을 피웠고 노란색 카랑코에는 일 년 내내 피
고지고 난 꽃들과 비밀 엽서를 쓰는 것 같아.

꽃기린은 잎이 떨어지고 다시 봄이 되자 손톱만큼 잎이 나고 있어 내 부
주의 인 것 만 같아.

맘이 불편했지.

마음 정원에 멍하니 서 있는 기분이 들었어. 들여다보고 있으니 행복하더
라.

원대가 몰라보게 굵어져서 올 해는 꽃이 많이 피겠지 다육들은 무사히
겨울을 건너왔어.

베란다에 화초들이 겨울나기를 잘해서 엄청 고마워.

생각해보니 사는 동안 고마운 것들이 넘 많네.
오늘은 이곳에서 고마운 사람들을 생각해보고 있어.
괜찮은 사람들이었어 모두.

무슨 말이야

고딩들 서넛 걸어간다.

개 아팠다는 둥, 개 기분 좋다는 둥……, 도대체 뭔 말을 하는 건지

세대 차이라고 하긴 싫은데 알아들을 수 없었다.

그때 삼색 슬리퍼를 끌고 가던 아이가 돌부리를 걸어차며

"누구얏 구리네 뭘 쳐 먹었냐? 냄새에 뒤지겠네."

순간 도리도리 머리를 흔들었다. 지금 내가 뭘 들었는지 잠시 생각하다가

방귀를 주워 다시 밀어 넣을 수도 없고 누군지 몰라도 아랫배가 시원하시

겠다.

그렇게 혼잣말하고 나니 나도 웃음이 났다.

저기 이봐 고딩들 무슨 말을 한 거니?

개 아팠다. 개 기분 좋다는 건?

3부

다시 만나고 싶은 사람들

우리나라에서 가장 높은 기차역

추전역

꽃밭에서 강아지와

요즘 모티브 가방뜨기에 한창이다. 유일한 취미다.
거실까지 햇살이 들어오고 강아지는 햇살을 찾아 앉는다.
녀석이 좋아하는 햇살이 만지고 싶도록 연해 보인다.
배색을 해가며 모티브 5개를 바닥에 놓고 책으로 눌러 놓는다.
무늬가 가지런해지는 동안 강아지를 안아준다.
닿은 팔이 천천히 따스해진다. 눈으로 가슴으로 전하는 말들
우린 이렇게 눈빛만으로도 컨디션을 아는 8년차 가족이다.
잠시 놀아 주다 다시 모티브 연결을 한다. 실을 펼쳐놓은 거실은 꽃밭 같
다.
주황, 핑크, 노랑, 보라, 흰 꽃들은 피고 보라 연보라의 혼합실을 만지면 라
벤더향이 나는 것 같다.
녀석은 이때다 싶은지 실을 밀며 다닌다.

마치 꽃밭을 걷는 것처럼 나도 기분이 좋아진다.
나와 뗄 수 없는 오래된 취미 뜨개질 자투리 취미라고 종종 말한다.
훈풍으로 핀 꽃처럼 가방 모양이 되어 간다. 코바늘이 빠르게 움직이다가
책 한 두 권 넣을 수 있는 가방이 된다. 실을 한 코 한 코 엮는 일은 명상
을 하는 것 같다.

완성된 가방에 시집을 넣어본다. 시를 쓰던 마음 까지 넣어보는데 문득
나는 왜 내일보다 어제를 생각하는 걸까?

이젠 어제 보다는 내일 을 더 생각해야지 문장을 만들어 말해본다.
강아지와 함께 하는 시간 완성된 가방을 들고 우리는 마주보며 웃는다.
웃는 입 꼬리 따라 환해지는 오후 웃음의 종류는 얼마나 될까?

나그네

더욱 거센 빗소리
까만 먼지를 뒤집어쓴 나무들이
색을 드러내던 이른 저녁
광업소 버스가 서자 아버지들이 내렸다.
정류장 앞 붉은 지붕 안으로 사라졌다.
어둑해 지자
비틀거리며 아버지가 나왔다.
그런 아버지가 보이면
나는 빨리 자라고 싶은 헛꽃을 피웠다.

나도 냉파

언제인지는 모르지만 친구와 통화를 하다가 요즘 반찬은 뭐해 먹니?
자주 듣고 하는 말이다.
응, 냉 파 중… 세련된 용어 같았다.
그게 뭔 데… 묻는 나에게 친구는 웃었다.
냉장고 파먹기라고? 그렇게 해서 어느 날 나도 냉파하기로 했다.
저장해놓은 것을 꺼내 먹는다는 말이지만 비워지니 청소의 의미도 식비
절약도 되겠다.
매력 있는 일이다. 언제 냉장고를 알뜰히 둘러 본 적 있었던가.
냉장고나 냉동실을 열 때마다 뒤죽박죽 무질서의 광경을 반성과 함께
특히 정리정돈에 재주가 없다.
먼저 냉동실 문을 열었다.
하나라도 실행에 옮겨야 시작이지 하며 검은 비닐봉지를 꺼냈다.
언제 무엇을 넣었는지 캄캄하다. 기억날 리 없고 또 유통기한은 언제인지
메모하나 없는 그걸 뜯어보니 가자미 3마리였다.
지인이 한 박스 보내줘서 나눠 먹었던 기억이 났다.
보내준 지인의 성의를 생각하니 좋아하진 않지만 버려서는 안 될 것 같
았다.
실온에 나 온 가자미는 얼마쯤 지나자 살이 통통 오른 생물 가자미가 되
었다.
육수를 끓이고 육수를 내기 위해 무와 다시마, 통고추를 넣어 끓이는 동
안 가자미에 따로 양념을 했다.

보내 준 그 분의 안부가 궁금해졌다. 여행 다녀오신다고 했는데 잘 다녀 오셨는지 3년째 투병 중이신데 정기검진 결과는 무사통과 하셨는지… 시 어머님 텃밭에 올해는 뭘 심으셨는지… 큰아이는 취업 했는지 여전히 커 피는 좋아하시는지… 등등 궁금한 안부가 수첩에 적어 볼 만큼 항목이 늘어났다.

심지어 강아지 땅콩이는 피부병 치료는 끝났는지 내가 분양해 준 화초는 많이 자랐는지 꽃은 폈는지 가자미가 익는 동안 그 분과의 추억이 떠올 랐다.

갖은 양념에 가자미조림 냄새가 칼칼하게 났다. 문득 문태준 시인의 가자 미라는 시 한 편을 불러왔다.

시에 기댄 저녁 감성은 푹 무른 무처럼 흐물해지고 편지가 쓰고 싶어졌 다.

나보다 나이도 많은 그 분께 가자미조림으로 저녁을 맛있게 먹었다고 문 자와 함께 가자미조림을 찍어 전송했다.

그 분이 좋아하는 주황색과 밤색 배색을 한 손뜨개 가방을 박스에 담고 가자미는 아직 많이 남아 있다고 잘 이겨 내시고 나중에 크루즈여행 가 자고 정성껏 편지를 넣었다.

첫 냉파가 손편지까지 쓰게 했으니 성공이다.

'너는 너로 살고 있니'를 읽고

계절 때문이라고, 아니 가을이어서 일까? 라는 생각이 들었다.

제목이 유독 맘에 밟혔던 이유다. 벌써 10월이구나! 올해가 다 가는구나! 나는 뭘 했을까? 똑같아 보이는 듯 매일 다르게 살아가는 것에 대해 생각하던 요즘 나이 듦 일 까? 바람에 몸을 뒤 집 듯 굴러가는 낙엽에도 맘이 얹힌다.

김 숨 작가의 소설을 좋아하지만 편지 소설이라는 것에 궁금증이 많아졌다.

너는 너로 살고 있니 작가는 친구처럼 나에게 물어보는 것 같은 첫 느낌이 들었다. 살짝 당황하며 책 표지를 바라봤다.

얼굴이 안 보이는 여자가 나무와 나무 사이에 걸린 천그네에 누워 있고 멀리 숲이 보였다.

누워서 얼굴이 안 보이는 여자는 누굴까? 마치 101호에 사는 내가 102호에 사는 이웃의 얼굴을 모르듯 그렇게 사는 것이 사는 것 인지 그런 생각을 하며 책을 펼쳤다.

P13

당신은 눈을 뜨고 있습니다. 어제 당신은 내내 눈을 감고 있었습니다.

내가 보이나요?

오후 1시쯤 민으로부터 걸려 온 전화, 대만 사람들의 검소함에 대해 칭찬을 늘어놓던 그녀가 불쑥 물었습니다.

"너는 너로 살고 있지?

"나"

"나는 나가 없다"

"나가 누구야"

첫 페이지부터 의미 심장 했다고 해야 하나?나는 순간 몰입되며 책을 읽어 가기 시작했다.

P38
손을 뻗으면 손을 놓치지 않고 잡아 줄 거라는 믿음, 그 믿음이 내게 결핍되어 있다면 나는 어디서 그 믿음을 구해야 될까요?

나는 이 문장을 두고두고 읊조리고 싶어 졌다. 중년이 된 어느 날 비슷한 마음이 고여 왔기 때문이다.

P72 시간
누군가 저 문을 열고 들어섰을 때 당신과 내가 먼지로 사라지고 없었으면

이 문장을 맞닥뜨렸을 때 나는 멍하게 벽을 보고 앉아 있었다.
이유는 모르겠다. 그 순간 나는 그랬다.

P103 벽
주인이 떠난 의자 앞에 회색 개가 돌처럼 앉아 있다.
늙어 눈이 멀고 귀가 먹어 주인이 여전히 그 의자에 앉아 있는 줄 알고

이 문장을 나를 펑펑 울게 했다. 펑펑 울고 나니 후련해졌다.

P141 거울
뭘 찾고 있나요? 당신은, 당신을 찾고 있는 게 아닐까요.

이 문장을 읽을 땐 어쩌면 나 스스로에게 하는 내 말처럼 가깝게 느껴졌

다.

P185 새
기분이 좋아 보이시네요.
간호사가 혈압을 재며 그렇게 말했을 정도로 당신 얼굴에 밝은 기운이 감돕니다.

이 문장을 읽을 땐
사는 건 좀 전에 울다가도 또 금세 웃을 수도 있으니까 애써 그 쪽으로 바라보고 싶었다.

P245 하루
발작과 두드러기를 일으킨 뒤로 당신의 생체리듬은 좀처럼 회복 되지 못하고 호흡이 고르지 않아 산소 호흡기에 의지해 숨을 쉬고 있습니다.

공황장애 약을 먹지 않고는 살 수 없는 내 모습이 겹쳐져서 잠시 우울해 하며 책을 계속 읽었다.

P261 빛
내가 보이나요?

그리고 이 편지소설의 마지막 문장은

한 발짝,

작가가 한 발짝으로 편지의 끝을 맺은 의미는 무엇일까?
오래 생각해 보기로 하며 책을 덮었다.
책을 덮고 난 후 계속 내가 보이나요?

92 괜찮은 사람들이었다

시의 구절처럼 계속반복 되던
내가 보이나요?가 둥둥 떠다녔다.

너는 사랑

8년 전 가을 그러니까 9월15일이었다.

집에 오니까 아주 작은 몸집의 강아지가 있었다.

허락 없이 딸아이가 덜컥 데리고 온 것이다.

졸라댈 때마다 절대 안 된다고 반대 했음에도 9개월 된 아이를 데리고 왔다.

화는 났지만 꼬물거리며 나를 따라다니고 앙칼지게 짖고 침대에서 용감하게 뛰어내리는 천방지축 강아지는 얄밉게 헛바닥을 쏙 내밀고 있었다.

한 시간이 되기도 전에 녀석이 착 안겨왔다. 눈을 보며 생각했다.

'낯설지 이제 넌 우리 집 식구야 이름은 깐돌이란다.'

그렇게 녀석은 이름을 얻었고 가족이 되었다.

처음 강아지를 키우느라 우여곡절도 많았지만 녀석은 나를 많은 것을 알게 했고 바꿔 놓았다.

잠깐씩 가는 산책길에서 서로 속도를 배려하고 하루 우리 잘 지냈다고 안녕을 말할 때 행복하다.

잘 때는 또 어떤가! 고개를 구부려 몸을 동그랗게 말고 등을 내 옆구리에 붙이고 잘 때 전해지는 체온은 살아 있음을 느끼게 해준다.

내가 기분이 안 좋은 날은 깐돌이도 표정이 없다.

생기를 잃은 모습으로 마주보는 것이 싫어 기분전환을 빨리 하기도 한다.

우리 생기를 한 뭉치씩 던져주며 살자고 무언의 대화를 한다.

9살이 된 깐돌이는 가끔 쓸쓸한 눈빛으로 마주치는 날이 많아진다.

우리가 만난 8년 전엔 둘 다 자라던 시기였을까?

네게서 배운 건

사랑도 배우는 것이란 걸 너를 만나고서야 알았다. 그 밤 내내 마음이 너를 향해 휘청거리는 것, 아픈 와중에도 네 생각이 나는 것, 며칠만 견디자고 간절해지는 마음…

한 달 전 응급 수술을 하고 움직일 때마다 배에 통증이 느껴지던 그 순간에도 네 생각이 났고 보고 싶었다. 걱정 됐다.

딸에게 부탁 거듭 부탁 했지만 딸은 물주고 밥 주고 배변기저귀 바꿔 놓는 것이 나의 부탁을 들어주는 것이며 자신의 사랑법이라고 생각 할 것이다.

그러나 네가 원하는 건 또 있음을 안다. 이름을 불러주고 얼굴을 맞대고 눈을 마주보는 것, 안아서 심장 소리를 서로 듣는 것이라는 걸…

나는 네가 보고 싶고 너도 나를 기다릴 것을 안다.

귀를 쫑긋 세우고 현관 쪽을 바라보다 졸기도 하겠지. 나도 수술 첫 날 많이 아프지만 마음은 네게로 총총히 간다. 떨어져 있어보면 그때서야 알게 되는 그런 것, 네게서 배운 건 사랑이다. 사랑은 조건 없음이라고 이렇게 보고 싶은 거라고, 걱정하는 거라고…

더운 날인데 딸은 에어컨을 켜지 않을 것이고 넌 더위에 많이 지칠 것이어서 걱정되었다. 네 생각뿐이다.

영상을 켜 놓고 부르지만 네 모습은 보이지 않는다.

나의 반려견 김…깐…돌 사랑한다.

담쟁이

명동역에 내려서 밖으로 나가면 외국인 관광객들과 비둘기 무리가 먼저 보였다.

도심에서 살아가는 비둘기가 맘 안으로 들어오던 날은

차에 치여 죽은 비둘기 사체를 보던 날이었다.

기분이 축 처져서 터덜터덜 발걸음을 무겁게 옮겼다.

다른 날보다 길은 가파르게 느껴졌고 천천히 걸어도 숨이 찼다.

학교까지 올라가려면 중간에 한번 쉬어야 했다.

길 옆 시멘트벽을 타고 올라가던 담쟁이를 보며 10분정도 쉬어 갔다.

가끔 쉬어 가던 곳이다.

어제보다 더 자란 담쟁이 잎이 신기하고 짙어진 색이 뿌듯 하기도해서 한참 들여다보았다.

엊그제 내린 비바람에도 꿋꿋한 것이 신기해서 손으로 만져보았다.

담을 꽉 잡은 줄기에서 나온 뿌리는 내 힘으로 당겨도 끄떡 없었다.

단단한 의지를 찍어 놓고 싶었다. 작심삼일뿐인 내 나약한 의지를 바꿔보고 싶었기 때문이다.

지치고 힘들 때면 남산 가는 길, 학교 가던 길에서 만났던 담쟁이와 비둘기를 떠올려본다.

들어 본 이름

여기 이 꽃은 뭐지
민들레
내 이름은 깐돌이

집 주변 산책 중이다.
민들레라고? 가까이 가본다.
간밤에 내려와 올라가지 못한 별은 아닐까?

매봉산

우리들은 배추 이파리처럼 푸들거리고
당신은 해발 1200고지 매봉산 밭에서
종일 배추 밑둥을 자른다.
 허리띠 졸라매고 우리도 한번 살아 보자던
당신과 묶은 끈을
노을 진 비탈길 내려오던 날 모른 척 풀어 버리고
 소도시 한 귀퉁이, 자취방에서 누룽지에 물을 부어 끓이며
속없이 잎 만 푸들거리던 날…
작은 목소리로 엄마를 불러보았다.

뭉치

평상에 둘러앉아 뜨개질하던 사람들이 생각난다.

작아진 옷을 풀어서 다시 조끼를 짜기도 하고 머플러를 풀어서 작은 두 개의 머플러를 짜기도 했다.

고무줄놀이나 공기놀이에 재주가 없던 나는 친구들과 놀기보다는 동네 어른들이 모여 뜨개질하는 평상에 붙어서 있기를 좋아했다.

뛰고 걷고 하는 동적인 놀이보다는 앉아서 꼼지락 거리는 것이 좋았다.

11살 감기를 달고 살았다. 형제 중에 제일 허약했다. 그때 놀이라고 해봐야 두세 가지가 전부였지만 그 중에 한 가지라도 할 줄 아는 게 없었다.

평상에 가면 입담 좋은 미수 엄마가 말이 끝나기도 전에 웃음 바가지가 터진다.

웃기도 하고 찐 감자를 나눠 먹기도 했다. 어른들만 있는 그곳이 좋았다.

평상 바닥에 끊어버린 실이 있었다. 나는 버린 실을 모아 매듭을 길게 실을 이었다.

며칠 모으면 작은 공만큼의 뭉치가 되었다. 빠른 손의 움직임으로 눈은 딴 곳을 보면서 이야기보따리 풀어내는 동안 한 뼘 씩 면이 넓어져갔다. 꽈배기 모양으로 꼬인 무늬는 신기했다.

집에 돌아 온 날 꽈배기 무늬가 어른거렸다.

실이 조끼도 되고 치마도 되고 머플러도 된다는 사실이 궁금해서 안달이 났다.

평상에 매일 갔다. "넌 눈썰미가 있어 배우면 잘 할 걸" 미수 엄마의 눈썰미라는 말이 칭찬 같아서 기분이 좋았다. 가르쳐 준다면 해보고 싶었다.

코바늘이 갖고 싶어서 엄마를 조르기 시작했다. 방학이 되기 전에 코바늘이 생겨야 겨울방학 내내 뜨개질 연습을 할 수 있다. 50원이었다. 라면한 봉지보다 더 비쌌다. 선뜻 살 수 있는 형편이 아님을 알면서도 막무가내 졸랐다.

어느 날 코바늘을 사러 엄마와 장성시장으로 걸어갔다. 걸어가던 기분을 아직도 기억하고 있다.

지금은 고마움과 미안함이 함께 뭉친다. 그렇게 나의 첫 뜨개질이 시작되었다.

배워본 적 없이 옆에서 눈으로만 본 것으로는 어림없었다. 사슬뜨기 연습을 오래 했던 것 같다.

떴다 풀고 풀었다. 다시 뜨고 그러나 그건 즐거운 놀이였다. 어른들은 뜨개질이 시간 잡아가는 귀신이라고 했다. 그 말은 맞는 말이다. 시간 가는줄 모르고 몰입한다. 심심할 틈도 없다. 그렇게 연습 하다 보니 어느 날사슬뜨기가 만들어졌다. 짧은 뜨기 긴 뜨기를 익혀 머플러를 완성했다.

긴 겨울 방학 내내 머플러 뜨기를 하며 지냈다. 머플러를 하고 공동 우물가에 가면 칭찬을 받았다.

칭찬 받아 본 적이 없는 나는 그 순간 어깨가 으쓱해졌다. 첫 뜨개질완성작 잉크 색 머플러로 기가 조금씩 살아난 아이가 되었다. 유일한 취미가생겼다.

눈도 아프고 손도 아프지만 뜨개질은 덤벙대는 나를 잠잠한 곳으로 데려가기도 하고 우울한 날은 음악을 들으며 길고 긴 실가락을 따라 노래 속으로 흘러간다. 흘러가는 동안 우울 또한 사라진다.

뜨개질하던 평상으로 흘러가는 동안 골목길을 돌아 공동변소를 지나 기역자 집으로 돌아가는 추억이 있다. 추억에 당도하는 길이 있다.

사랑하는 것에 이유가 붙을 수 있을까 그냥 뜨개질이 좋다. 뭔가 만들어지는 동안 생겨나는 설렘을 사랑한다. 예쁘고 가는 실을 코바늘로 한 코 한 코 더디게 엮으면 가방도 되고 옷도 되고 카펫도 되고 방석도 되고 모자도 되고 커튼도 되 듯 우리도 사는 동안 작은 스침으로 엮여 모두 무언가 가 된 인연으로 살아간다. 촘촘히 엮어서 살아간다. 풀어서 다시 짜도 되는 실처럼 오래 이어가고 싶은 사람들이 있다. 어떤 실은 깐깐해서 잘 풀리지 않는 것도 있지만 실의 속성을 헤아려서 풀면 안 풀리는 실은 없다. 풀어서 다시 재활용하는 실은 새 실 과는 다른 오래 끓인 국처럼 뭉근한 느낌이 있다. 손을 잡으면 온기가 전해 지 듯 실을 잡으면 온기가 전해져 온다.

바같에서 겉돌던 모난 것들까지 흐물해진다. 감정기복이 심하고 우울감 있던 아이를 품어서 긍정의 세계로 옮겨 준 나의 뜨개질 놀이를 즐긴다.

주문한 실박스를 열면 옹기종기 앉은 실들이 색깔이 사랑스러워 안아본다. 감정이 듬뿍 실리는 뜨개질을 하다 보면 성질 사나운 날에도 아무 일 없이 지나가게 된다.

11살 아이 신기한 놀이였던 뜨개질은 빼 놓을 수 없는 단단한 추억이다. 동네, 평상, 어른들, 이야기들이 있던 탄광촌 그 동네 쓴 맛 나는 추억에도 뜨개질을 얹으면 입가에 미소가 번진다.

이번 봄엔 쿠션을 여러 개 만들었다.

정사각형, 동그리. 미니. 중간…쿠션커버 뜨기는 이번 봄 일기쓰기였다.

미래의 시인들

깻잎머리 소녀와 교복이 작아 배꼽이 보이는 소년인형을 샀다.
중학생이다. 소녀와 소년은 눈이 작고 볼이 통통했다. 그들을 보니 생각
나는 것들이 많다.
태백과 추전과 황지여중 교복과 동네 친구들이다.
교복바지 통 줄여 입고 한창 겉멋이 들기 시작했었다. 그 시절은 그것이
최고의 멋내기였다.
인형들은 어설프게 멋을 내기 시작했을 무렵의 아이들 같다.
인형을 보고 있으니 멋쩍은 웃음이 난다. 반항을 했고 겉멋이 들 무렵
입고 싶은 옷이 있었다.
살던 동네추전으로 이 아이들을 보내도 나처럼 우리처럼 무리지어 잘 지
낼 것도 같다.
작은 눈이 웃으면 더 작아지는 내 눈을 닮았다.
못 찾겠다 꾀꼬리 술래놀이를 하던 친구들이 생각난다.
어떤 옷을 입혀줄까 겨를도 없이 멜빵 치마를 뜨개질하기 시작했다. 멜빵
치마는 그때 내가 입고 싶었던 옷이다.
방울 모자, 손가방 까지 뜨개질 했다. 검정 신발에 어울리는 패션이다.
소년에겐 노랑색 조끼를 입히고 핑크 하트를 가방처럼 둘러매게 했다.
못난이 인형들은 새옷을 입고 멋을 냈다.
이름을 지어주었다. 랭보 영자…
랭보는 반항적 기질이 사춘기 때부터 뚜렷했다고 했으니 인형 랭보 눈빛
이 랭보 시인을 닮았다.

소녀는 허영자 시인을 그때 좋아했기에 영자라는 이름을 선물했다.
귀한 이름 값 하기를 상상했다.

랭보, 영자가 진짜 그 분들처럼 시를 쓰기는 못하더라도 시를 좋아하는
문학소녀, 소년이기를 바랐다. 엉뚱한 상상을 하는 동안 손뜨개 맞춤옷
을 입은 못난이들은 제법 근사해졌다.

마주보고 선 그 들 랭보는 옆에 서 있는 영자에게 말하는 것 같다.

꿈에 대하여 랭보 소년이 고등학생이 되고 대학생이 되어 성장하는 동안
시인이 되기를 인형 랭보와 영자에게 부탁하듯 속삭였다.

믿고 싶다

가로등 아래 산책길

배롱나무 속으로 어둠이 숨어들면 추전이 떠오른다.

그곳은 유년 시절의 앨범이다.

대진 사택 자동 1호 우리 가족은 어떤 대화를 하며 살았을까?

텔레비전에서 보는 드라마 속 사람들은 대화가 많았다.

갈등 구조임을 알면서도 대화처럼 들렸다.

드라마에 나오는 엄마가 "넌 뭐가 될 꺼니, 뭐가 하고 싶니?"

하고 물으면 나는 속으로 대답했다.

"소설 쓰는 사람이요."

그렇지만 아무도 우리 형제에게 뭐가 되고 싶은지 뭘 하며 살고 싶은지

묻지 않았다.

엄마랑 통화 할 때 물어보면 그 시대는 그랬다고 했다.

아니더라도 믿고 싶다.

드라마 속 여자처럼 나도 뭔가 되고 싶었다.

방향

아마도 지네는 온몸이 발이겠지 몸을 구부렸다 폈다
4평 방안 지평선을 향해간다.
천정을 보고 누워 어느 날의 지평선을 떠올려 보는 사이
지네는 모서리에서 주춤 멈춰 있다.
굴러가던 내 생의 바퀴가 멈춰 섰던 그날…

산 좋고 물 좋다는 춘천구 울텅불텅 좁은 길 막다른 산 길, 그곳…
암스트롱 506호 자나깨나 둔한 통증이 머물던
3인실 방에서 앞산을 보고 또 봐도 첩첩산중 뿐이었다.
살아 있다는 신호로 가끔 산 까치가 날았다.

한 계절이 가고 산수유 꽃이 피던 날
문득
베란다 건조대에 널어놓고 온 옷가지들은 접혀서 제자리를 찾았을지
냉장고에 오이와 시금치는 반찬이 되었을지
사각 식탁 빈 의자 하나는 나를 생각할지
고2딸아이는 어떤 고민을 안고 있을지……
잠시 감았던 눈을 뜨고 본다.

모서리에서 변곡점을 만난 지네는
다시 방향을 틀어 간다.

4부

봄, 부서지다

우리나라에서 가장 높은 기차역
추전역

KORAIL

엽서

겨울엔 찬바람들이 추위를 피해 보려고 여기 베란다에 들어와 살더라.
 그냥 모른 척했어. 바깥 보다는 따뜻할 거니까.
겨울엔 베란다에 오래 있지 못해. 오래된 집이라 춥거든… 화초들 보살피
느라 들락거릴 뿐이지. 베란다 벽면에 쌓아둔 동화책을 읽지 못했어.
봄이 오면 여기서 네가 권해 준 동화책을 읽을 생각이야.
 네가 그랬잖아.
우린 동화책을 많이 읽어야 갱년기를 순하게 보낸다고… 네 체험에서 나
온 네 말이겠지만…
그래 충분히 동화책 읽기를 즐겨볼게. 동화의 힘을 믿어.
겨우내 쌓인 창틀의 먼지도 닦아야지. 창문을 열어 봄바람을 들여야지.
테이블보는 무슨 색으로 바꿔볼까?
봄 꽃 한 두송이 사다 심어야지. 튤립은 어때? 우리 베란다에 놀러와.
복도 같은 베란다에 유치하긴 하지만 책과 꽃과 음악과 풍경이 있는 곳이
거든…
내가 사진으로 전송했던 설렘과 감사가 가득한 곳이야 난 베란다를 좋아
해.
너를 초대 할 꺼야. 올 꺼지?
우리가 좋아하는 이야기만 해도 하루가 금세 갈 걸 처음 만났던 건 대학
교 2층이었던가?
우리가 함께 했던 문학 수업에서 친구가 될 수 있었던 건 시 때문이겠지.

서로 칭찬으로 한걸음 씩 다가갔던 것 같아.

네가 쓰는 시가 궁금하고 홀로서기 준비는 잘하고 있는지 근황도 궁금해

가끔 주고받는 네 안부가 특별해. 내가 첫 시집을 냈을 때 기뻐해주던 네

가 오늘은 많이 보고 싶은 날이야. 네 응원이 늘 고마워. 지칠 때면 네가

보낸 카톡을 열어 보곤 해.

나도 널 응원하고 있어 우리 작품으로 보답하자. 천천히 가더라도 우리

색깔을 잃지 않기다. 안녕.

봄, 부서지다

4월 때 아닌 폭설에 살구나무 꽃이 말갛게 얼었다.
겁먹은 봄이 시커멓게 질렸다.
광업소 갱이 무너져 매몰된 광부들
구조가 지연되는 사이 겨우내 사택 단칸방에서
수출용 뜨개질을 하던 광부의 아내들이
마을 공동 우물가로 모여 들었다.
실핏줄 터진 영진 어머니 눈을 애써 외면했다.
밤을 지샌 동변상련의 얼굴들 모골이 송연해져 말문을 닫는다.
응달에는 아이들이 눈사람을 만들며 깔깔거리고
눈을 뒤집어 쓴 산은 음산함을 키워 마을은 동굴처럼 깊었다.

사람들

 찾아가 보고 싶은 곳이 있다.

가보고 싶은 곳과 다른 찾아가 보고 싶은 곳이다.

진시장에 있는 4층 건물 그때는 4층 건물이 많지 않았다. 1층은 구리나 고철만 받는 고물상이었고 2층은 철학관이었다. 3층은 안방과 거실과 주방 복층 나무 계단을 올라가면 방2개가 있고 옥상에는 꽃들과 나무가 심어져 있었다.

이것이 내가 기억하는 전부다. 찾아가 보고 싶고 보고 싶은 사람들이지만 기억을 떠올리면 피로감을 느낀다.

오래 전 일이고 찾을 수 없을 것이라는 포기의 마음이 피로감을 몰고 오는 것 같다.

4월 3일, 그곳에 도착한 언니와 나는 밤늦은 시간에 시장에 주차를 했다. 중요한 일 앞에서 다짐을 하듯 심호흡을 했다.

늦은 시간이기도 해서 장거리 운전한 언니에게 미안해 들뜬 감정을 드러내지 못했다.

흥분되었다. 아닌 척하려고 하늘을 봤다. 상현달이 멀리 떠 있었다.

오래 전 옥상에서 달을 보며 나는 무슨 생각을 했던가, 이런 감정을 추억이라고 말하는 걸까?

관념적이고 관념적이었다.

고개를 돌려 불 꺼진 시장골목을 바라보았다.

오래전 그때의 시간이나 세월을 헤아려보는 일은 감정소비는 아닐까? 감정소비여도 좋으니 보고 싶은 사람을 만나고 싶다는 마음을 확인한다.

유진 언니와 4층 건물만 보면 멈춰 섰다. 이내 4층보다 더 높은 건물이 많아서 힘이 빠졌다.

"낼 다시 와서 상인들한테 물어보고 찾아보자. 그럼 찾을 수 있어."

확신에 찬 언니의 말은 위안이 되었다. 언니는 타인을 헤아리는 일에 충실한 사람 같았다.

시장 골목에 서 있다는 사실이 믿기지 않았다.

사실이 보면서도 믿기지 않을 수도 있다니 놀랍다. 적당한 감정을 지키고 싶었다.

언니의 세심한 배려에 대한 나의 화답이다.

그 집에서 살던 4개월은 56년 인생에 짧은 시간이겠지만 그때 처음으로 다정한 가족을 보았다.

어느 날 저녁을 먹으며 식탁에서 그들의 대화를 들었다.

한 번도 들어 본적 없는 대화였다.

고3 맏딸에게 왜 경영학과를 지망하는지 너의 선택을 믿는다는 말을 들었다.

믿는다고 믿음이라는 말 아버지가 딸에게 믿는다는 말랑하고 맛있는 그 말…

나는 꾸역꾸역 밥을 먹었다.

처음이었다. 그날 밤 잠자리에서 잠들지 못했다. 나는 나름 진지해졌다. 진로 고민을 했고 그런 대화를 간직하고 싶었다.

그 집 맏딸은 명문대 경영학과에 합격을 했고 중학생인 두 아들은 의자에 붙어 있는 사람처럼 열심이었다. 어느 날 나에게 언니가 물었다.

넌 뭐하고 싶노? 라고 가슴 속에서 뭔가 꿈틀거렸지만 대답이 선뜻 나오지 않았다.

진지하게 난 뭐 하고 싶은지 몰랐다. 그 후 나는 어렴풋해서 희미한 하고 싶은 것을 바라보게 되었다.

그렇게 해서 나는 뭐가 되고 싶은 것이 생겼다.

집으로 돌아 갈 궁리를 동시에 했던 날이었다.

집은 찾을 수 없었지만 다시 서 본 골목에서 뭉클함을 경험하는 일…

지나쳐 온 시절 한 부분을 느껴보는 일 가슴 뛰는 순간이었다.

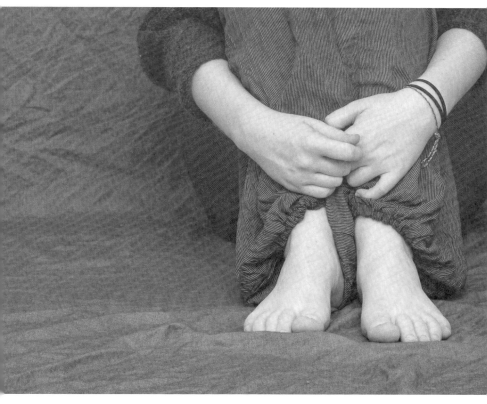

봄인가요

아직은 겨울인데 봄 같기도 하다.

겨울 외투를 차에 놓고 내린다.

바람에서 봄냄새가 나고 조금 춥다.

이 묘한 매력은 뭐지? 아직 봄은 도착 전이지만 하늘은 포근하다.

새들이 삼각 모양으로 날아가고 거리에 사람들은 겨울 옷 아직 이른 봄옷…

그 중간쯤 입었다. 내 옷차림도 그렇고 계절이 바뀌는 것을 느낄 때면 고스란히 계절만의 컨디션이 느껴진다.

취미처럼 즐거운 날이 있는가 하면 애써 그래야만 하는 날도 있다.

2월과 3월 사이 약간 계절 앓이를 한다. 그럴 땐 발길 닿는 곳으로 걷는다.

특히 이번 겨울은 동네 천변을 걸었다. 저녁을 밝힌 가로등은 특별했다.

늘 거기 있어 귀함을 잊는 날도 있었다.

도로변 가로등과 사뭇 결이 다른 불빛을 가졌다.

기분이 무거운 날, 혼자 걷는 길에 동행한 가로등 연한 온도가 천천히 내게 닿곤 했다.

충분히 가벼워져서 집으로 돌아왔다.

가로등과 가로등 간격을 정한 사람은 관계나 사이에 대해 깊이 생각하는 사람일 것이라고 함부로 추측해본다.

언제부터 였는지 모르지만 가끔 천변 가로등 아래로 걸어가 보는 저녁을 좋아하게 되었다.

그리움의 한가운데로 걸어가 보는 기분이다.

평범하지만 특별한 두 경계를 적절히 다룰 줄 아는 가로등 길 걷기를 좋아한다.

길을 걸으면 발목으로 스며드는 밤 기운이 좋았다.

봄이면 무엇에 몰두했었나? 기억을 불러보며 이 봄에 나는 아쉬움이나 설렘을 적절히 섞어 보려 한다.

겨울이 피곤했다면 봄은 덜 피곤하기를 바란다.

정서를 접어놓았었다면 접힌 정서를 펴 보는 일이 나의 봄맞이다.

이번 봄은 내가 무엇을 꿈꾸고 실천하고 싶은지 화두는 무엇인지 질문이 많아진다.

겨울엔 하고 싶은 것이 많아 못한 것도 많았다.

못한 것은 못한 대로 두고 다시 해야 할 것에 최선을 다해야겠다.

최선에 익숙해지려면 초집중을 해야 한다.

게으르고 물러 터진 사람이므로…

산책

매일 같은, 그러나 매일 다른 날들…

두툼해 지는 것이 많은 겨울이면 감성 결이 예민해진다.

감정기복이 심한 겨울나기 늦은 저녁을 먹고 동네천변으로 간다.

개천가에 서면 가로등 불빛을 좋아해서 인지 기분이 좋아진다.

몇 발자국 걷다 돌아본다.

겨울 이곳은 주제가 여백인 듯 물소리도 고요하다.

나도 물처럼 잘 흘러가고 있는 걸까?

흘러가기 좋은 방향으로 저렇게 가면 거기가 어딜까?

소용돌이치듯 몸에 활기가 감겨온다. 퍼지는 물줄기를 찍는다. 갈대도 찍어본다.

닮은 듯 아닌 듯 그림자처럼 기댄 갈대들 미세한 흔들림과 마주친다.

유독 나도 흔들림이 많았다.

삶에 깃든 기쁨이나 혼란 견딜 수 없는 것들도 지나갔다.

산다는 것은 흔들림이거나 견딤, 고요함 뭐 그런 것들이 켜켜이 쌓이는 것인가?

어느 날 문득 돌아보면 지나가는 그런 것…

잊혀 지기도 했고 잊으려 애쓰기도 했고 잊은 척 해보기도 했다.

내 몸 하나로 받아내지 못할 때 난 무엇을 어떻게 했었지? 소진한 감정과 체력을 회복하려 애쓴 흔적들이 느껴진다.

뭐든 순리대로 지나가고 다가오게 두는 것이라는 걸
천천히 걷는 산책길에서 생각하곤 한다.

살아야겠다, 사이좋게

즐겨보던 TV프로그램에서 한 연예인이 하차 한다는 소식을 듣고 의아하게 생각한 적 있다.

공황장애라는 말을 처음 들었다.

아무런 상관없는 일이기에 증상이 어떤 것인지 알아보거나 이해해보려 하지 않았다. 타인의 일이 내 일이 되었을 때 그때서야 그 연예인도 힘들었겠다. 견뎌보려 애쓰다 결국 하차 했겠구나 생각했다.

나도 오래 전부터 증상이 있었다. 내과에 다니거나 심할 때 응급실을 가고 죽을 것 같은 증상이 때때로 왔다가는 동안 반복해서 오는 고통을 견뎌보려 했다.

병명이 없었으니까

어느 날 CT를 못 찍어 땀을 흘리는 나에게 대학병원 주치의는 공황장애라고 말했다.

커피주문처럼 아무렇지도 않게 일상적인 말투로 알려줬다.

"보이지 않게 많이 아팠나 봐요. 많이 힘들었을 텐데 괜찮았어요?"

나는 많이 힘들었다는 말조차 나오지 않았다.

세상에는 보이지 않게 많이 아프며 살아갈 수도 있구나! 보이지 않게…

몇 번 받아 적듯 말해보았다.

정신의학과로 소견서를 보내고 정신과 앞 의자에서 오래 기다려 의사를 만났다.

기다리는 동안 설문지에 답이라도 있는 듯 반복해서 읽고 시험 치는 학생처럼 마음을 골라 동그라미를 쳤다.

어떤 질문에 대답을 한 것 같은데 아무것도 생각나지 않았다.

난생 처음 정신과 의사 앞에서 멍하게 앉아 있다가 속으로 보이지 않게 아팠다고 말 했다. 상세히…

그렇게 나는 공황장애 약을 받아 자주 정신과를 드나들며 약을 먹었다.

신기하게도 약은 일상생활을 예전처럼은 아니어도 그럭저럭 살아가게 했다.

지금은 2주에 한 번씩 약을 받는다. 약 덕분에 평온하게 살고 있다.

보이지 않게 아파온 걸 알아채지 못했다.

보이게도 안보이게도 안 아프고 살 수 없겠지만 이왕이면 보이게 아파야 겠지.

안 보이는 곳은 금방 발견할 수 없어 오래 혼자 앓아야 하니까…

아무튼 공황장애와 다투지 말고 살아야겠다. 사이좋게…

양

양띠친구를 닮은 핑크 양을 만들고 싶었다. 진한 핑크라 더 맘에 들었다. 15cm크기의 귀여운 양 인형을 만들어야겠다고 생각했다. 얼굴색은 흰색 머리와 몸통은 핑크, 눈은 5mm단추형, 바늘 6호 팔을 자유롭게 만들어 주고 싶어서 와이어도 준비했다.

3mm 와이어까지 준비 하고 머리 부분을 뜨기 시작했다. 매직링을 만들고 기둥코를 세우고 한길 긴 뜨기5개로 팝콘 뜨기가 완성 되었다. 팝콘 뜨기는 방울처럼 앙증맞게 옆과 옆에 자리를 내어준다. 올록볼록 핑크머리가 완성 된 후 실을 바꿔 흰색으로 얼굴 뜨기를 한다.

얼굴에 비해 작은 단추를 달았다. 눈 작은 아이가 예쁘지는 않아도 귀여운 것처럼 귀여운 미완성양이 탄생했다. 핑크와 흰색을 섞어 귀 두개를 만들어 붙였다. 점점 더 양이 되어간다.

몸통은 핑크치마를 입혔다. 팔과 다리는 흰색으로 뜨기 시작하고 팔 안에 와이어를 넣어줬다.

만세 부르고 싶을 때 맘껏 팔을 들어 올릴 수 있도록 팔이 만들어졌다. 바늘로 머리와 몸통과 팔을 꿰맸더니 한 마리의 양을 순산했다. 두시간 만에 양이 태어났다. 아직 아기여서 당분간 돌봄이 필요하겠다 생각했는데 야생양이었다. 거실에 놓고 사진을 찍는데 순식간에 책상 밑으로 달려들어갔다. 처음 찍는 사진이 부끄러운 가보다… 양은 시력이 좋고 민감한 동물로 수영도 잘하고 민첩하고 빠르다더니 정말 그랬다.

책상 밑으로 들어가 다시 양을 몰아왔다. 사진을 찍어야 했다. 핑크 양 이라니 얼마나 귀여운가!

울 초딩 친구들처럼 이번엔 양의 먹이를 만들어야 했다. 초식성 동물인 양은 무엇을 먹을까 인터넷 검색을 했다.

풀잎, 새싹, 활엽 초분 등등이었다. 연두와 주황으로 풀잎도 만들고 새싹도 만들었다. 꼬불꼬불 두길 긴뜨기를 사슬 위에 주름지게 떴더니 풍성한 풀밭이 되었다. 풀밭위에 양을 놓았다.

양인형 뜨기 첫 도전은 흡족했다. 이때 우리 집 반려 견 깐돌이가 빠르게 양을 물고 작은방으로 숨어들고 나는 헛웃음을 지으며 양이 무사하기를 기다렸다. 간식 꺼내는 부스럭 소리에 녀석이 혼자 거실에 나타났다. 껌을 입에 물려 놓고 작은 방으로 양을 찾으러 갔다. 양은 무사히 깐돌이 3 단 계단에 누워 있었다.

양은 백 마리 이상씩 한 무리가 되어 주로 고원지대에 산다는데 고작해야 거실바닥이나 반려견 3층 계단에서 혼자 외로워 살 수 있을까? 다시한 마리 짝꿍 양을 만들어야 겠다. 며칠 후면 백 마리의 양은 아니어도 외롭지 않을 만큼 양이 탄생할 것이다.

뜨개질은 이렇게 엉뚱하고 소소한 상상을 선사한다.

어느 늦은 밤에

지원서에 첨부 할 자기 소개서 쓰느라
늦은 밤 노트북에 다정하게 붙어 앉았다.
커피 대신 꽃차를 우려 마신다.
국화는 만지면 부서질 듯 한데 어떻게 건조 했는지 부서지지 않았다.
뜨거운 물에서 국화가 피어난다. 찻잔을 들여다보았다.
꽃을 말린 사람과 나에게 준 사람의 온도를 자소서를 어쩌다 써 본 난감
한 나에게 잠시 여유를 주는 꽃차의 향기에 가까이 갔다.
꽃이 핀 누군가의 마당이나 뒤뜰 산모퉁이 양지바른 곳 어디서 든 보이
던 꽃이 보였다.
어느 오후 바람에 흔들거리던 꽃을 보 듯, 찻잔을 들여다보며 한 모금 마
시고 다시 자소서에 쓸 나를 들여다보았다.
나는 어떤 성장기를 보냈으며, 지원동기는? 5년 후 나의 비전은?
잠시 다른 곳으로 시선을 돌려 준 꽃차…
꽃차는 꽃의 서사를 오밀조밀 풀어내며 우러나고 있다.

어느 날

감나무에 까치가 앉아 있다. 까치를 보고 있으니 그곳이 떠오른다.

어깨와 배가 하얗고 등은 검다. 자세히 보니 꼬리가 생각보다 길다. 까치가 울면 귀한 손님이 오신다던데 어릴 적 어른들이 하던 말씀…

그런 생각이 스친다.

그곳은 춘천과 가평 경계에 있는 요양병원이다.

산 속 앞마당에 아침마다 까치가 날아왔다. 아침식사 시간 식당으로 가는 길에 까치가 보이지 않으면 시무룩해져서 까치를 기다렸다. 기약 없이 간 곳에서 기다릴 것이 없었으므로 까치가 반가웠는지도 모르겠다.

까치밥을 한 번이라도 사다줄 걸 두고 온 무거움이다.

그땐 마음의 여유가 부족 했었다고 스스로 위로해 본다.

까치야 하고 큰 소리로 부르면 옆에 있던 명희 언니가 배를 잡고 바닥에 앉아서 깔깔거리며 웃었다.

어디서든 까치를 보면 언니가 생각난다. 언니와 3층 3인실 방에서 지냈다. 나와 동갑이어서 친구가 되었고 두 살 많은 언니는 언니라는 존재만으로 특별했다.

언니가 없는 나는 명희 언니가 좋았다.

뜨거운 방바닥에 반듯하게 누워 우스갯소리를 하면서 서로 운 적이 있다.

나란히 누워, 나란히 누워.

암담한 병마에 손을 얹으며 괜찮아 질 거라고 말했다.

그런 거 말고는 어떤 것도 위로가 되지 않았다. 그냥 했던 말이나 생각들이 그곳에서는 의미 부여가 되었다.

모두가 무사하기를 기도 했던 곳 누워서 눈을 뜨고 눈물을 보이지 않으려고 큰 소리로 웃었다.

그것이 서로를 응원하는 우리의 배려였다.

계절이 바뀌던 때 많이 다리가 부어 운전을 못하게 된 언니를 태우고 춘천시내 감자옹심이를 먹고 커피를 마시러 가고 오던 길 함께 보았던 산이며 강물은 지금도 푸르게 흘러가겠지.

남편과 딱 5년만 더 살고 싶다던… 그러나 간절함을 품고 언니는 여름 비 오던 날 먼 곳으로 아주 갔다.

반짝이는 별이나 동그란 달이 뜬 밤하늘을 보면 언니가 보고 싶다.

동그랗고 반짝이는 눈을 가진 언니일 것만 같다. 2년을 서로 물들인 사이…

언젠가는 만나리라는 마음을 약속처럼 되뇐다.

언니도 천국에서 까치가 보이면 내 생각날까?

두 번의 봄을 같이 맞이한 사람 그곳에서 우리는 어쩌면 홀로였기에 기댔을 것이다.

많이 웃기도 했지만 가끔 울기도 했다. 꽃이 피면 꽃내음이 달달해서, 빛깔이 고와서 환우의 얼굴에도 잠깐 꽃이 피기도 했었는데 이젠 지울 수 없는 추억으로도 해마다 꽃이 핀다.

봄이 되자 볕이 우르르 쏟아지던 날 겨울에 죽은 화분에 꽃송이가 동그란 흰마가렛을 심었다.

화초가 죽은 화분을 두고 보는 일은 아프다. 월동채비를 잘 할 걸 하는 후회가 많아지는 시간이기도 해서 빨리 화초를 심는다.

이렇게 일상을 들쑥날쑥 살아가는 나날…

어디서든 까치는 보일 것이고 봄이
가고 또 봄이 올 것이지만 계절이
바뀔 때면 언니가 더욱 보고 싶다.
환한 봄 날 날아가는 까치의 동선
을 오래 바라본다.

어둠과 시선

거실 불을 켜는 순간 어둠은 재빠르게 사라진다. 사라진 것이 아니라 여기 있다고 시선처리 중이라는 듯 모서리에서 마주친다.

그날의 기분에 따라 어떤 어둠은 환하기도 하고 어둡기도 하다.

어둠의 농도로 기분을 알아차릴 때가 있다. 계절 탓이거나 나이 탓을 하다가도 내 나이는 젊지도 늙지도 않다. 적당한 나이라는 생각을 한다.

커튼 옆에도 책꽂이 뒤에도 책 사이로 곳곳에 어둠이 눈에 들어온다.

유독 마음에 상처가 새겨지던 날처럼 그런 시선이 생긴 것이다.

요즘 우리 가족의 시선은 어디를 향해 있을까?

서로 바쁨을 인정하는 건지 불만을 참는 건지 이해하는 건지… 적당한 시선으로 우리는 요령을 터득해 가는 중이다.

어리둥절

태백 역 개찰구 앞에 섰다.
40년…
애써
발랄한 척
캉캉 걸어 나오고 싶은 마음이 들었음에도
당황스럽게 눈물이 떨어졌다.
잊었던 마음이 불쑥 태어났다.

애너벨리

아주 오래고 오랜 옛날 바닷가 한 왕국에 애너벨리라 불리는 예쁜 처녀가 살았습니다.

애너벨리는 나를 사랑하고 내게 사랑받는 이외에는 딴 생각 없이 살았습니다.

나는 아직 어렸고 그녀 또한 어렸습니다. 그러나 우리는 바닷가 왕국에서 사랑이외의 사랑으로 사랑했습니다.

나만을 사랑하는 애너벨리

하늘을 나는 천사조차도 그녀와 나를 부러워했던 그런 사랑으로 우리는 사랑했습니다.

그 때문이었습니다. 오래전에 바닷가 이 왕국에 구름으로부터 바람이 불어와 내 아름다운 애너벨리를 싸늘하게 숨지게 했습니다.

그녀의 지체 높은 친척들이 와서 그녀를 내게서 데려가 바닷가 이 왕국에 있는 무덤에 가두었지요.

천사들도 결코 우리보다 행복하지 못해 늘 애너벨리와 나를 시기했을 것입니다.

그렇습니다. 바로 그 때문이었습니다.

그러나 우리의 사랑은 훨씬 더 강했습니다.

우리보다 나이 많은 사람들의 사랑보다 우리보다 훨씬 지혜로운 사람들의 사랑보다 위로는 하늘의 천사들도 밑으로는 바다 밑의 악마들도 내 영혼을 떼어 놀 수 없었습니다.

아름다운 애너벨리의 영혼으로부터 그래서 달빛이 비칠 때면 언제나 내 꿈은 아름다운 애너벨리의 모습으로 나타나고

별빛이 떠오를 때면 언제나 나는 애너벨리의 아름다운 눈빛을 느끼는 것입니다.

그래서 밤새도록 나는 나의 사랑, 나의 생명, 나의 신부 곁에 누워있습니다.

바닷가 그곳 그녀의 무덤에 물결치는 바닷가 그녀의 무덤 곁에

– 애너벨리/ 에드거앨런 포

내가 만난 생애 첫 시는 애너벨리다. 시를 모르던 시절 그러나 문학소녀였던 그 때 새 학년이 되어 국어 선생님이 칠판에 써 놓고 낭독했다. 그렇게 시 한편 속으로 통과했음을 시 습작을 하면서 알게 되었다. 설명되지 않는 전율이었다. 내 영혼의 속살에 깊이 들어왔다. 중2였고 사춘기와 지독하게 손잡고 있을 때였다. 시를 갖고 싶어서 외웠다. 외우는 동안 어느 날은 눈물이 났다. 바닷가 어느 왕국의 애너벨리와 그의 연인을 상상해 보는 것은 아직 어린 내 마음 어딘가를 건드렸다. 애너벨리의 이름을 부르며 낯설고도 뭉클한 감정이 깊어 졌다.

봄이 되어도 탄광촌의 봄은 더디게 왔다. 3월이 되었어도 어쩌면 봄은 오지 않을지도 모른다는 생각이 들었다. 몹시 추웠다. 특별함도 없이 마냥 봄을 기다렸다. 탄광촌의 겨울은 깊고 길었다. 교실에서 바라보던 운동장에 아지랑이가 느껴질 때면 나도 모르게 애너벨리를 외우고 있었다. 쏟아지던 햇빛… 햇빛… 햇빛들 나는 아직도 칠판에 가득했던 애너벨리와 선생님의 목소리에 늪처럼 빠져들곤 한다. 뭔지 모를 감정을 견딜 수 없어 운동장을 바라보던 나른함을 기억한다.

오후 1

오랜만이다.

오후에 집에 있는 건 낯설다. 해가 바뀌었고 뭔가 분주하게 움직였었는데 이번 봄은 하고 있던 일을 멈췄다.

우선 낯섦과 불안함에 익숙해지려고 커피를 들고 서서 밖을 보며 마셨다.

빈가지에 초록이 돋고 있는지 하늘색은 어떤지 바람은 부는지 햇살이 눈부시다. 커피향이 입안에서 맴돈다. 봄이라는 계절은 내게 늘 설레게 했다. 봄에 대해 생각하다가 커피를 마시고 봄 냄새를 마시고 금세 부드러운 사람이 되어 거실로 왔다.

거실에는 늘어놓은 실들이 꽃밭 같다. 보고 있으니 어떤 시절 풍경이 떠오른다.

뜨개질을 하던 탄광촌의 엄마들이 마루에 둘러 앉아 옛날이야기도 함께 실에 엮던 시절이 있었다.

나는 핸드폰 가방을 뜨는 중이었다. 실 뭉치를 들고 보니 꽃을 만지는 기분이다.

인도 실이라는데 가 본적 없는 인도는 어떤 정서길래 실이 꽃밭 같을까?

80년대 꽃밭 같다. 꽃밭에서 꽃잎을 따서 책갈피에 넣던 그때가 생각난다.

한 시절이 흩날리는 오후다.

오후 2

이런 날은 이렇게 익숙해지겠지 이렇게 내일은 또…… 혼잣말을 한다.

실 가닥에 다섯 가지 이상의 색이 겹쳐 있다. 겹과 실, 실과 겹… 어제와 오늘은 겹친 걸까? 어제의 기분이 오늘도 있고 어제 뜨개질 하던 걸 오늘도 하고 있다. 요즘 들어 겹이라는 단어가 좋아서 겹친다. 겹친 하루 겹친 것들… 일기장에 겹이라는 단어가 많이 등장했다.

괜찮지 않을 때 겹이라는 글자를 보면 괜찮아지는 걸 느낀다. 겹으로 된 것들은 주로 사랑스럽다. 한 번도 겹쳐 본 적 없는 것은 뭐가 있을까? 시간을 겹치고 눈물도 겹치고 봄과 여름을 겹치고 우리를 겹치고 오른손과 왼손을 겹치고 태백과 기차를 겹치고 이별과 이별을 겹친다.

나는 맘대로 규칙도 없이 겹치고 싶은 것들을 마구 겹쳐본다. 뜨개질을 하다가 앞 코를 뒷 코에 겹치고 뒷 코에 옆 코를 겹치면 점점 더 넓어져 핸드폰 가방도 되고 커튼도 된다.

뜨개질하던 걸 놓고 밖으로 나왔다. 어머나! 양지바른 화단에 키 작은 보라들이 한가득 피었다. 꽃과 봄과 바람과 나는 겹친다. 사랑스럽다. 이 순간이 지나가더라도 잊고 싶지 않은 겹쳐서 사랑스런 것들 예쁘다. 사랑스럽고 예쁜 것을 보면 겹쳤구나 하고 말할 것이다.

시를 못 쓰고 있는 날들… 시와 어울리는 나만의 겹을 찾고 있는지도 모르겠다. 시와 겹치기 위해 애쓸 것이다.

응급

1

간밤에 119를 타고 응급실에 갔다.

한 달 전부터 위가 아팠다. 이대로 죽는 건 아닌가 싶을 만큼 꼭 그만큼 염증수치도 높고 간수치도 올라가 있다고 했다.

그다음 날은 시험이 있어서 어떻게 든 진통제로 통증이 멈춰 지기를 바랐다.

CT와 피검사를 하는 동안 진통제가 투여 되도 통증은 심해졌다.

몸 상태가 말이 아니구나 뭔 일이 났구나 어떻게 하지 그런 걱정을 속으로 우왕좌왕 하고 있을 때였다.

빨리 응급 수술을 해야 한다고…

수술이라고 하니 대학병원으로 가야 되지 않을까 의논 할 보호자도 부를 시간도 없었다.

담낭에 담석이 생겨서 염증을 일으켜 썩고 있다고 표현했다. 의사는 사람이라기보다는 기계 같았다. 고통이 심한 나는 애절한 눈으로 의사를 봤다. 따뜻한 의료행위를 바라면서 너무 고통이 심해 수술에 동의하고 나니 낭떠러지에 서 있는 기분이 들었다.

살면서 이렇게 빨리 결정해야 하는 순간이 있다는 것을 알게 되었다.

젤 먼저 담임 목사님과 교회 다니는 지인들에게 담낭 담석 제거 응급수술을 하게 되었으니 기도 부탁한다고 카톡을 보냈다.

목사님께서 젤 먼저 안양에서 달려 오셨다. 3층 수술실 앞에서

"잠시만요. 3분만이라도 기도 좀 하게 해주세요."

목사님은 수술실 앞에서 기도해 주셨다.

내 눈에서 눈물이 주르륵 흘렀다.

기도 덕분에 떨지 않고 수술대에 누웠다.

어떻게 나 같은 사람도 하나님을 만났을까? 하나님은 가족보다도 먼저 목사님을 보내주셨다.

기도 받고 수술실 들어가라고 무한 사랑에 감사 기도를 하다가 마취가 된 모양이었다.

2

7층 병실은 창가여서 지낼만 했다. 일주일 죽을 먹으며 먹고 잤다. 진통제 항생제 주사 맞고 약으로도 먹으니 빠르게 회복되었다.

눈 뜬 시간엔 친구들과 농담 같은 응급 수술 이야기를 주고받으며 핸드폰을 들여다봤다.

3

누워 있으며 생각했다. 돌을 씹어 삼킬 것 만 같던 시절도 있었건만 그때 아무거나 겁 없이 삼킨 돌은 아닐까?

청춘은 지나갔지만 꼭꼭 씹어 삼켰어야지. 거짓말처럼 순식간에 수술을 하고 진통제에 의지해 깊어 가는 하루를 바라보았다.

지금도 나는

수많은 만남 중에 유독 잊히지 않는 사람이 있다.
내게도 그런 인연이 있다.
기뻤던 기억너머 내가 아파했던 시간 까지도 귀하게 느껴질 때
가장 여린 감성의 시간이 지나가고 있구나 하고 생각한다.
한 시절을 잠시 흔들었던 그녀.
지금은 웃을 수 있는… 세월 지나 웃을 수 있음이 고맙다.
혼자 느껴지는 대로 느끼고 고맙다고 말 할 수 있어서 다행이다.
지나간 것이 누구에겐 중요하기도 하고 누구에겐 생각조차 안 나더라도
나는 그녀를 기억하고 있다.
인연에 대해 생각해볼 때 어디서든 그곳엔 그녀가 있다.

한 계절

어둠이 내려 앉은 그곳은
여름 한 낮처럼 어지러웠다.
그런 날은 산동네 어귀 호숫가로 걸어갔다.
그곳으로 가는 길엔 교복 냄새가 났다.
천천히 걸었다.
나는 불량품 골라 내는 일을 했다.
그곳을 벗어나 호숫가에 서면 작업반장의 매 같은 눈이 떠 올랐다.
축축한 습기가 가슴까지 차오르면
지난 겨울 끝자락
창문으로 들어오던 햇살을 생각했다.
호수를 오래 들여다보면
동생들의 눈들이 흥건하게 젖은 채
나와 눈이 마주쳤다.
물에 젖은 날을 꺼내 가슴에 대보면
꿈 냄새가 났다.

그 해 늦봄
초록은 팽팽하게 부풀어
다음 계절로 건너기 시작했다.

치과는 무섭지만

27살 때 부주의로 어금니 두번째 치아를 뺐다.
앞니가 아니다.
비용이 많이 든다.
무섭다…
이런 저런 이유를 끌어 모으며 합리화했다.
그러다보니 27년이 지났다.

책을 소리내 읽을 일이 있고 발표할 일이나 독서모임을 하면서 말 할 일
도 늘어 나는데 이상하게도 특히 ㄹ 발음이나 ㅅ 발음하기가 힘들다.
갑상선 수술 후 목소리가 거칠어지고 쉽게 목이 붓고 감기도 목부터 온
다.
목이 가장 약한 나에게 치아까지 하나 없으니 말하기에 자신감을 잃고
발음이 뭉툭해지는 느낌이 들면 자신감이 더 낮아진다. 입 모양에 힘 주
고 있는 모습을 보면 당황한다.
그동안 어떻게 살았지? 불편했으면 진작 하지 않았을까?
불편하긴 했지만 안쪽 치아이다 보니 뭐… 하며 오랜 시간 방치 했었다.
두렵지만 이제서야 용기를 냈다. 치아 엑스레이를 찍고 원장님 설명을 들
었다.
안보이는 곳이라고 소홀했던 나의 어리석음이 창피한 순간이었다.
이럴 경우 생기는 질환들에 대해 들었다.
암, 턱관절 장애, 변비, 위장질환 등등 음식 맛을 보고 느끼고 씹고 즐기

는 치아가 없으면 목의 골절까지 틀어진다고 어마 무시한 설명을 듣고 결정했다.

결정했다기보다는 이번에도 안 하면 큰일나겠구나 건강 염려증에 걸린 나는 망설임 없이 임플란트 하기로 했다.

잇몸에 나사를?

상상도 하기 싫은 일이다. 그러나 어쩌랴!

치과 여기저기에 임플란트 브랜드와 함께 선전 사진을 보는 일도 공포였다. 그 옆에 다시 전과 후 사진을 비교해 보이며 활짝 웃는 사진을 보니 안심이 되기 시작했다.

겨우 용기내 의자에 눕자 숨이 막히는 공포가 밀려왔다. 겁 많은 나를 향해 괜찮다고 안 아프게 해주겠다고 아이 대하 듯 의사는 눈으로 웃었다. 눈을 보니까 신기하게도 안심되었다. 웃음은 장소불문 명약이라고 느끼던 순간이었다.

나도 억지로라도 웃었고 웃으니까 두려움이 사라졌다.

웃을 때 엔돌핀이 분비된다는 것은 알고 있는 사실이지만 오늘의 웃음은 엔돌핀 분출 수준이다. 그리고 웃음은 신체적, 심리적, 감정적으로 분명하게 나타난다는 것도 실감했다.

웃음은 영혼의 언어라고 했던가 더 많이 웃으며 살아야겠다.

웃음에 대해 생각하며 다른 곳으로 의식을 끌었다. 마취 주사가 따끔따끔 몇 번 하더니 이내 입이 사라진 느낌이 들었다. 편한 자세로 조금 기다리라고 했다.

치과 천정이 온통 라디오가 되어 음악이 흘렀다. 요즘 노래라 제목도 모르지만 발가락으로 박자를 맞추는 사이 마취는 완벽했다.

손바닥에 식은땀이 나고 뭔가 드릴 소리가 들리더니 빠르게 움직이는 손 겨우 떨리는 마음을 진정시키며 눈을 떠보니 실을 묶는 것이 보였다.

휴우… 살았다.
해든 파이팅이야, 너 잘 했어.
시작이 반이라잖니 또 파이팅이야!
선생님 정말 안 아프네요. 헤헷…

쿠션 만들기

뜨개질을 하면서 좋아하는 색을 알게 되었다. 고정되지 않고 옮겨 간다
는 것도 알았다.
회색, 브라운, 카키색만 좋아하는 줄 알았는데 진보라, 핑크, 주황 같은 밝
은 색으로 옮겨 가 있었다. 고정되어 있는 것은 어떤 것 들일까 난 이런
걸 좋아하고, 싫어한다고 고정 된 것을 말했었다.

밝은 색의 옷이 별로 없다. 옷장을 열어보니 옷장안은 캄캄했다.

얼마전 디자인이 맘에 들어 보라색 옷을 하나 샀다. 나는 요즘 좋아하는 색이 옮겨지고 있는 중이다. 얼마 전부터 놓고 있던 뜨개질을 다시 시작했다. 쿠션이나 한 두개 만들어볼까 했는데 실 주문을 하다보니 밝은 색 실을 주문하게 되었다.

정사각형 쿠션커버를 시작했다. 진보라색 실로 가운데부터 사각 모양을 만든다. 일정한 규칙으로 견고하게 말하는 여자처럼 면이 넓어 간다. 코와 코 사이는 단어처럼 나열되는 것 같다. 마치 처음 뜨개질을 배울 때 같은 생경함이 매력 있다.

많은 친구들이 모여 있을 때 더 즐거운 것처럼 선명해진 색을 만지면 손끝이 더워진다.

우정이나 사랑처럼 서로 끌어주고 흩어지지 않는다.

서로 등을 내주고 손을 내밀어 견고하게 모양을 만들어간다. 그 과정은 고되지만 즐겁다.

색도 다르게 모양도 다르게 쿠션들이 서너 개 모였다. 쿠션을 보며 주고 싶은 얼굴을 생각한다.

동글이 쿠션은 볼수록 사랑스럽고 큰 사각은 듬직하다. 크거나 작거나 모양이 달라도 제 각각 괜찮다는 사실이 감동이다.

마음이 공허한 날 뜨개질을 하다보면 공허함은 멀어지고 그 자리에 다정함이 깃든다.

요즘 봄앓이를 견뎌보려 뜨개질에 한창이다. 내가 만든 쿠션이나 가방, 필통에 온기가 묻어 있을 것을 믿는다.

5부

태백 가는 길

우리나라에서 가장 높은 기차역

추전역

태백 가는 길 1

마음이 먼저 가는 곳이다. 설렌다.

연둣빛이 솟아오를 듯 가지 끝에 돌기가 창창하다. 이른 봄날이다.

톨게이트를 빠져 나오니 기분이 달라진다.

혼자 가도 지루하지 않는 길…

허락도 없이 동석한 햇살이 있다. 운전하면서 달린다는 말은 나와 상관

없는 말이지만 흐름을 따라가려 속력을 내본다.

그러나 오랜 운전 경력에도 속력을 내본적 없는 나는 어느새 평소처럼

가고 있다.

고속도로에 차가 많을수록 평온해진다.

느리게 가면서 좌우 조금 더 멀리 하늘까지 바라본다. 아직 꽃도 초록도

없는 산등성이로 한무리의 새들이 날아간다.

태백 가는 길…

여행가는 것 같아 벅차오른다.

적당한 곡선으로 휘어진 길을 따라간다.

태백 가는 길 2

(곡선에 대하여)

모나지 않고 부드럽게 굽은 선.

사전적 의미를 곰곰이 생각해보며 태백 가는 길…

곡선의 삶을 살았다면 나는 지금 어떤 모습일까 브레이크를 살짝 밟으며 생각에 잠긴다.

삶에 얼룩진 급정거의 흔적들 얼마나 무모하게 브레이크를 밟았던가

내 인생을 어떻게 운전 했는지 생각하며 간다. 그때나 지금이나 차선 변경이 언제나 서툴고 비포장 도로를 용감하게 지나오던 30대는 대책 없이 흔들렸다.

목적지 없이 가고 있었다. 핸들조작도 서툴렀지만 서툰길을 알아채지 못한 삶이었다.

사이드 밀러까지 볼 틈이 없었다. 앞만 보며 가는 동안 예상치 못한 충돌을 겪은 후 방어운전의 미숙함을 알았다. 사는 동안 방향등은 얼마나 사용 했던가?

나는 어디로 가고 싶었는지 이제서야 조금 알 것 같다.

꼭 차선 변경해야 하는 상황이 아니면 하지 못했다. 두려웠다.

초겨울 병원에서 퇴원하던 날…

길 하나가 보이기 시작했다. 가고 싶은 길이 보였다.

조심스럽지만 망설임 없이 그때서야 비로소 가고 싶었던 쪽으로 방향등을 켰다.

태백 가는 길 3

생각에 생각을 엮으며 태백 가는 길 별스럽게도 가슴이 뛴다.

265킬로의 거리를 가는 동안 직진, 좌, 우, 커브길, 내리막길, 오르막 길 평길을 간다.

사는 일에도 급 브레이크를 밟는 횟수가 줄어들기를 바라다가 이젠 숙련되었으니 이대로도 괜찮다는 생각을 한다.

저만치 이정표가 보인다. 삶의 이정표를 보려 한 적 있었던가

헤매며 살다 이제서야 이정표가 보인다. 아주 조금…

내 차를 지나 씽씽 내달리는 다른 차들의 행렬을 바라보며 간다.

그뿐이다.

나는 고속도로의 기본 속력으로 페달을 밟는다.

내 인생의 속력도 기본 속력에 닿아보려 이제는 애써야겠다.

조수석에 앉은 햇살에 손을 대본다. 당신 손도 이렇게 뜨거웠어.

처음처럼 우리 하이 파이브!

태백 가는 길 4

내가 오래 웅크렸던 구석진 곳 까지 햇살이다.

햇살은 얼룩을 닦는다. 얼룩이 없어지거나 자리가 윤 나는 건 아니지만 이제야 얼룩이 무늬로 보인다.

다시 살아 갈 에너지가 채워지는 시간이다. 태백 가는 길, 그곳은 고향 유년시절이 부풀어 오른다.

안산에서 태백까지 출발과 도착 다시 출발과 도착… 삶의 운전과 길의 속성에 대해 생각하며 간다.

네비게이션은 친절하게도 주행속도와 방향을 알려준다.

내 생의 네비게이션은 어디에 있나 두리번 다시 한번 찾아본다.

무모 했던 길, 어디를 가든 길은 있을 거라 믿었다.

낭떠러지 길도 있다는 걸 너무 늦게 안 것이다. 새삼 돌아보니 꼬불꼬불 한 길이 많았다.

길을 같이 걸어 준 사람들을 생각한다.

브레이크를 자주 밟았던 여정은 고단했지만 지나고 나면 평길이 보이리 라는 이치에 기대어 살 수 있었다.

다시 저만큼 왼쪽 출구로 나가라는 네비게이션의 친절한 안내를 따라 간 다. 출구를 지나쳐 다시 돌아오는 일을 반복하지 않으려고 귀를 쫑긋 해 본다.

유혹

쪽파 두 단을 샀다. 트럭 가득 실린 싱싱한 파…

예정에도 없던 파를 덥석 사고 말았다. 들고 온 파를 현관에 놓는 순간 나에게 짜증을 냈다.

우리 가족은 나 외에 파김치를 좋아하지 않는다. 오직 내가 파김치를 좋아한다는 이유로 파를 산 것이다.

저녁을 먹고 사이버 수업을 들은 후 그때서야 현관에 던져지듯 방치된 파가 보였다.

신문을 펴고 쪽파를 까기 시작했다.

깐 파를 샀어야 했나? 쪽파 다듬는 일은 고작해야 파김치 담글 때 일년에 한 두 번인데 엄살이 심하다. 주부경력이 얼만데 여전히 서툴다.

얼마 지나지 않아 눈도 맵고 코도 매웠다.

강아지도 가까이 오더니 오다말고 뒤돌아간다. 재채기를 했다.

단이 제법 크다. 지루함을 없애보려고 파김치 맛을 상상한다.

파를 씻어 놓고 양념 준비를 한다. 설탕 대신 배를 넣으려고 하니 사 놓은 배가 없다.

캔 배 주스를 넣기로 하고 황태머리와 다시마를 넣고 육수를 냈다.

끓는 동안 김치통을 준비하고 삶은 감자를 밥과 함께 믹서기에 갈았다.

생강을 갈고나니 눈이 아파온다.

야밤에 웬 날벼락이야 하는 눈으로 파와 눈이 마주쳤다.

파김치는 요맘때가 젤이야 혼자 질문과 답을 하며 파김치를 담갔다.

새벽3시 허리를 펴며 앉았다섰다 부산스럽다.

힘들지만 뿌듯함도 함께 버무린다.

이렇게 애썼으니 맛으로 보답하렴 쪽파야.

고운색보다 더 맛있는 파김치를 기대하며 파김치의 유혹을 즐겼다.

파란나라

오래전 새내기시절 그를 만나던 거리다. 우린 소설 지망생 CC였다.

홍대 상상마당 주말 오후 목소리가 유난히 큰 남자가 지나가고 아가씨들은 낯설지 않았다.

손을 잡거나 어깨에 얹은 팔이 사랑스럽다. 길게 줄 선 카페 앞에서 얼굴을 서로 맞대고 메뉴를 의논하는 그들의 콧소리가 예쁘다. 연인을 방해할 생각이 없는 듯 찬바람이 구석으로 밀려간다. 겨울에 짧은 반바지 숏재킷 발랄해 보인다.

춥지 않을까 생각하다가 나도 움츠린 어깨를 펴본다. 그리고 다시 본다. 충분히 예쁘다.

우리도 그랬다. 걸을 때마다 배꼽이 보여도 추운 줄도 모르고 몰려 다녔다.

괜한 옛 생각은 어디에서 오는 건가?

꿈. 가난. 우정. 사랑. 핫도그. 웃음. 눈물. 군대. 하늘. 여행. 독서. 일기. 노래. 편지. 콘서트…

단어들이 문장이 되지 못하고 흩어진다.

선배 생각을 해도 아프지 않다. 세월이 준 선물이다.

데미안이 늘 가방에 있던 그가 좋았다.

어느 날 책을 내 가방에 넣어 주었다. 혼자 있을 때면 그것 만으로도 위안이 되었다.

섬세하게 그처럼 줄을 그어가며 읽고 싶었지만 그러기엔 불안하고 산만했다.

왠지 겉돌았다. 내면을 어떻게 가꾸어야 하는지 겨를도 없이 시간은 마구 흘러갔다.

삼삼오오 가는 사람들 경쾌한 움직임과 빌딩 사이로 우리가 버린 이별이 몰래 자라고 있었다.

언제라도 나에게 뛰어들기 좋은 자세로… 선배가 휴학을 하고 나는 혼자 오랜 시간 헤매 다녔다.

마치 어제처럼 다가오더니 사라지고 그 틈으로 서서히 어둠이 몰려온다.

내가 유일하게 선배 쪽으로 기울면 기울수록 행복했다.

그것을 사랑이라고 믿었다.

나도 휴학을 했다. 문창과에 갈 거라며 당당한 척 했다. 어쩌면 선배도 나도 모른 척 해주었을 것이다. 어설프게 숨긴 가난을 서로 알고 있었을 것이다.

코로나가 무색한 거리를 걸으며 스무 살을 막 지나 온 나를 만났다.

그 여름, 그가 곁에 없음을 못 견뎌 처음으로 뽀글이 퍼마를 했다. 어색했지만 뭔가 좀 살 것 같은 기분이 잠시 들었다.

어깨를 부딪치며 걷는다. 거리는 많이 복잡해졌지만 이 거리의 테마가 있다면 무엇일까?

검정과 핑크라면 어울릴까? 알 수 없을 것 같다. 그때나 지금이나 알 수 없는 것이 많으므로 다만 변하지 않은 것이 있다.

그건 꿈과 추억이다. 내가 오래 품었던 것들을 이 거리에서 다시 보았다.

앞 뒤로 가고 오는 인파들 그들을 등 뒤에서 바라본다.

우리가 함께 이루고 싶었던 약속이 가물 하다. 왜 갑자기 코끝이 찡해 오는지 힘든 고비마다 꿈이야기로 건너곤 했었다.

꿈에 도착이라도 할 수 있을까?

함께라면 거뜬히 이룰 수 있을 것만 같았다.

오랜 시간 꿈을 놓치지 않아서 다행이다. 겨울 바람속에 마구 섞인 목소리들 다가오다. 멀어져간다.

선배도 어디선가 소설을 쓰고 있길 잠시 바랐다.

공평한 것은 왼발 오른발의 속도라는 듯 걸어본다. 30여년 만이다. 그 없는 거리를 걷고 있다.

단단하게 걷고 싶었던 삶의 길… 그러나 삐뚤삐뚤 비틀거리며 걸어 온 길을 생각한다. 그 때 선배가 나의 파란 나라였을까?

그렇다면 지금 나의 파란나라는 무엇일까?

어디일까?

질문하며 인파 속으로 섞인다.

상상마당 콘서트 홀을 찾아가는 중이다.

검은 기억과 그리움 사이

양철북으로 유명한 독일의 대표작가 퀸터그라스는 말했다.
"예술은 놀랍고도 비이성적이고 무의미하지만 그럼에도 불구하고 필요하다."
예술이라는 장르에 몸담고 있는 사람들은 공감하리라 믿는다.
나 역시 시를 쓰면서 시의 무용성에 대해 종종 생각해본다.
밥이 되지 않는 일에 몰두할 때면 홀로 앉아 자괴감에 빠질 때도 있다.
그러면서도 예술은 무용하기에 무용함으로써 사람들에게 기쁨과 위안을 주고 지금 여기가 아닌 저곳을 건너다볼 수 있는 여유를 주는 것이 아닐까 하는 생각을 한다.

나는 태백에서 성장했다. 어린시절은 춥고 배고팠다. 생계를 책임지던 부모님들은 얼마나 황폐한 환경을 견디며 살아 내셨는지 훗날 알게 되었다. 어디를 봐도 석탄더미만… 캄캄했다. 그런 자리에 이른 봄 첫 민들레처럼 마음을 끌어 당기는 것이 있었다.
음악과 미술. 무용. 시 혹은 소설들은 우리에게 얼마나 필요한 것이었겠는가?
새삼 말하지 않아도 알 수 있을 것이다.
큰오빠가 읽던 성인 소설을 몰래 읽으며 빨리 어른이 되고 싶었던 때가 있었다.
오빠 덕분에 유행가가 가득한 카세트 테이프가 많았다.
사랑의 체험수기를 읽으며, 유행가를 들으며, 노트에 받아 적으며, 방학을 보내곤 했었다.

태백을 떠나 소도시에서 바쁘게 돌아 치는 사이 어느 날 훌쩍 중년이 되어 있었다. 하지만 여전히 태백은 목젖을 뜨겁게 하고 마음 자리가 헐렁해지는 곳이다.

선탄장에서 바람을 타고 날아오던 검은 가루며 골목에서 폐 연탄을 발로 차며 놀던 장면이 문득 풍경이 되는 날이 있다.

그곳은 이제 검은 기억이 걷히고 푸른 숲이 되었다. 놀이 문화가 없던 시절 장성광업소 정문 양 옆 커다란 스피커에서 울려 퍼지던 유행가는 유일한 나의 문화적 출구였다.

노랫말을 외우며 어떤 감정에 오래 머무르기도 했다.

어설프고 낯선 감성으로 작가의 꿈이 자랐던 것 같다.

탄광에 카나리아를 데리고 들어갔을 때 유해 가스가 감지되면 새가 먼저 이상반응을 보인다고 했다.

나 역시 불안에 민감하게 반응 했음으로 불안을 안고 성장했다.

그러나 지금은 감히 태백의 유년시절을 달콤한 결핍이라고 말 할 수 있게 되었다.

지난 여름 태백에서 열린 고향 음악회에 참석 했었다.

'광부의 아들 삶을 노래하다. 테너 김명재'

광부의 아들에서 성악가로 성장해 타지에 살고 있는 그가 무대에 올린 건 그리움과 고향 사랑이리라.

이대건 트럼펫 연주자의 〈태양은 가득히〉

테너 김명재의〈고향생각〉〈내 맘의 강물〉〈아버지〉

진행자 김학주와 성악가의 〈향수〉 앙상블은 마음을 이어보기에 충분했다.

태백예술회관 소극장에 모인 관객들의 가슴을 기쁨으로 출렁이게 했던 여름 저녁은 선물이었다.

태백의 문화가 더욱 풍성해지고 서로가 서로에게 위안이 되는 축제로 거듭나기를 응원한다.

인향문단 수필선

김해든 에세이
괜찮은 사람들이었다

초판1쇄 인쇄 | 2022년 9월 20일
초판1쇄 발행 | 2022년 9월 20일
펴낸곳 | 도서출판 그림책
지은이 | 김해든(김인숙)
디자인 | 이정순 / 정해경
주 소 | 경기도 수원시 영통구 이의동 웰빙타운로 70
전 화 | 070-4105-8439
E - mail | khbang21@naver.com
표지디자인 | 토마토